Angela Waidmann

Das Geheimnis von Herrenchiemsee
Mysteriöser Inselkrimi

Chiemgauer**Verlagshaus**

ANGELA WAIDMANN

DAS GEHEIMNIS VON HERRENCHIEMSEE

MYSTERIÖSER INSELKRIMI

Chiemgauer**Verlagshaus**

INHALT

Rückkehr 7

Die Warnung des Reiters 30

Die Botschaft des Königs 56

Dem Mysterium auf der Spur 82

Die Stimme des Verhüllten 109

Im Totenreich 138

Ein ewiges Rätsel 171

Zeittafel zu Herrenchiemsee und König Ludwig II . . 181

Zum Konzept des Romans 217

RÜCKKEHR

Langsam pflügte das Schiff durch die dunkelblauen Wellen des Chiemsees. Regina stand am Fenster der Fähre und schaute zu der bewaldeten Insel hinüber, der sie sich allmählich näherten.

Sie war in einer merkwürdigen Stimmung, hin- und hergerissen zwischen Freude und Furcht. Denn sie freute sich tatsächlich darauf, eine ganze Woche mit Tobias verbringen zu können, mit dem sie seit einem Jahr eine leidenschaftliche Fernbeziehung führte. Dass sie diese kostbaren gemeinsamen Tage ausgerechnet auf der Herreninsel verbringen würden, in Sichtweite jenes Ortes, an dem sie im Jahr zuvor so merkwürdige, beängstigende Tage erlebt hatte, fand sie allerdings weniger berauschend. Zumal die Erlebnisse damals für sie und Tobias beinahe tödlich ausgegangen waren.

Eigentlich hatte sie nicht den geringsten Wunsch verspürt, jemals wieder an den Chiemsee zurückzukehren. Doch Tobias sollte für die Archäologische Staatssammlung in München Forschungen auf der Herreninsel durchführen und hatte sie mehr als einmal darum gebeten, ihn doch dorthin zu begleiten. Irgendwie konnte sie ihn ja verstehen, schließlich sahen sie sich nur an den viel zu kurzen Wochenenden, und auch das nicht immer. Lange hatte sie mit sich gerungen, ob sie ihm diesen Wunsch erfüllen sollte, denn der Schrecken von damals saß immer noch tief. Nach wie vor wurde sie des Öfteren von Panik ergriffen, etwa wenn sie dunkle Flure oder enge Korridore betreten sollte, und immer noch wachte sie mitunter schweißgebadet auf, als hätte sie im Schlaf mit finsteren Mächten gerungen.

Eigentlich war das nicht weiter verwunderlich nach dem, was sie im Jahr zuvor auf der Fraueninsel erlebt hatte. Aus dem geplanten Meditationskurs war damals ein veritabler Alptraum geworden. Begonnen hatte es gleich nach ihrer Ankunft, als sie einem alten Inselbewohner begegnet war, den man wenig später tot aus dem See geborgen hatte. Dann hatten sie auch noch unerklärliche Visionen und Träume heimgesucht, die sie in die Zeit der Gründung des Klosters Frauenwörth zurückversetzt hatten. Alte Sagen und Gerüchte, die unter den Inselbewohnern kursierten, hatten ein Übriges getan, sie damals zunehmend an ihrem Verstand zweifeln zu lassen. Bei dem Versuch, dem seltsamen Spuk auf den Grund zu gehen, war sie schließlich auf einen Geheimgang gestoßen und hatte einen Schatz entdeckt, von dem Tobias als Archäologe nicht einmal zu träumen gewagt hatte.

Ach, Tobias! Wäre er ihr damals nicht zu Hilfe gekommen, dann wäre sie einem Wahnsinnigen in die Hände gefallen. Und um ein Haar wäre der Geheimgang ihrer beider Grab geworden, als er eingestürzt und von den Wassermassen des Chiemsees geflutet worden war.

Einer alten Sage nach sollte der Geheimgang von der Fraueninsel unter dem Chiemsee hindurch bis zur Herreninsel hinüber geführt haben. Und nach der spektakulären Entdeckung im Jahr zuvor sollte Tobias nun herausfinden, ob daran etwas Wahres war.

»Ist doch schön hier, oder?«, fragte er, legte von hinten seine Arme um sie und hauchte einen Kuss auf ihre Schläfe.

»Ja klar.« Mit einem Seufzer schloss Regina die Augen und lehnte ihren Kopf an seine Schulter.

Eine Weile standen sie so da, dann flüsterte er ihr ins Ohr: »Schau mal wieder hin!«

»Wenn du meinst ...«

Direkt vor ihnen lag das berühmte Schloss des Märchenkönigs Ludwig II. Das prachtvolle Gebäude mit seinen hohen Bogenfenstern, Säulen und Statuen schien sich schüchtern hinter den herbstlich bunten Bäumen zu ducken.

»Drück' dir bloß nicht die Nase platt!« Lachend schlang Tobias seine Arme um ihren Oberkörper.

Da war das Schloss schon fast wieder im Wald verschwunden.

Trotz ihrer beängstigenden Erinnerungen war Regina gespannt auf die Herreninsel. Das lag nicht nur an König Ludwigs Schloss und Tobias' Forschungsauftrag, sondern auch an der Münchner Universitätsdozentin Maxi. Auf der Insel gab es nämlich auch noch das Chorherrenstift, ein ehemaliges Männerkloster, dessen Wurzeln bis in das siebte Jahrhundert zurückreichten, sowie eine keltische »Viereckschanze«, einen mit Wall und Graben befestigten Bauernhof aus vorchristlicher Zeit. Dort würde Maxi mit einigen Archäologiestudenten in den nächsten Wochen eine Ausgrabung machen.

Gerade umrundete das Schiff in einer sanften Kurve die Nordspitze der Insel, an deren Ufer eine hübsche, graublau gestrichene Kapelle stand. An ihrer dem See zugewandten Außenmauer stand in einer steinernen Nische die Statue eines Heiligen, und Regina hatte aus der Ferne den Eindruck, als würde die Figur sie mit einer leichten Verbeugung begrüßen.

Merkwürdig, dachte sie. Vielleicht würde sie sich diesen komischen Heiligen abends noch gemeinsam mit Tobias genauer anschauen.

Die Fähre drehte bei und steuerte auf den Steg zu, der die Anlegestelle mit der Herreninsel verband.

»Schau mal, da ist ja schon die Maxi«, sagte Tobias und winkte. Maxi stand tatsächlich schon am Ufer, winkte erfreut zurück und kam ihnen entgegengelaufen. Tobias wuchtete den großen Rollkoffer, aus dem sie beide in den nächsten Tagen leben würden, vom Schiff auf den Steg. Gemeinsam gingen sie auf Maxi zu, die sie mit Küsschen rechts und links begrüßte.

Regina kannte Tobias' Kollegin von mehreren Ausstellungseröffnungen und hatte sie schnell ins Herz geschlossen. Sie mochte Maxis fröhliche, burschikose und zupackende Art.

»Wie ist eure Ausgrabung denn angelaufen?«, fragte sie, während sie gemeinsam den Steg entlang zum Ufer gingen.

»Wir fangen erst morgen früh so richtig an«, antwortete Maxi. »Gestern Abend und heute Morgen haben wir erst mal die Zelte aufgestellt, unser Arbeitsmaterial ausgepackt und einen groben Plan gemacht. Euer Zelt steht übrigens auch schon. Und meine Studenten sind total aufgeregt. Für die meisten ist es ja die erste Ausgrabung ihres Lebens.«

Sie hatten das Ende des Steges erreicht und steuerten auf das hölzerne Wartehäuschen der Schifffahrtsgesellschaft zu. Vor ihnen, auf einem Hügel, lagen die mächtigen Gebäude des Chorherrenstifts.

Tobias grinste. »Ich kann mich noch gut an unsere erste Lehrgrabung erinnern. Das war unter dem alten Dr. Bohnstengel. Weißt du noch?«

»Den werde ich mit Sicherheit niemals vergessen«, sagte Maxi und lachte. »Aber was ihr beiden hier vorhabt, ist auch ziemlich spannend. Erst recht nach eurer abenteuerlichen Entdeckung auf der Fraueninsel.«

Regina lief ein Schauer über den Rücken.

»Abenteuerliche Entdeckung ist gut«, brummte Tobias. »Ich habe Wochen gebraucht, um mich von meiner Verletzung zu erholen.«

»Das weiß ich doch«, sagte Maxi beschwichtigend. »Trotzdem: Die Tageszeitungen in ganz Deutschland haben darüber berichtet, was auf unserem Gebiet ja nicht allzu oft passiert. Allein schon die kleine Figur, die ihr aus dem Geheimgang gerettet habt, war eine echte Sensation. Die hat nicht von ungefähr einen Ehrenplatz im Bayerischen Nationalmuseum bekommen.«

Regina nickte. Sie dachte noch oft an den feierlichen Akt, bei dem das 1200 Jahre alte, elfenbeinerne Männlein vom Herrscherstab des Bayernherzogs Tassilo im Nationalmuseum enthüllt worden war. Sogar der Ministerpräsident war da gewesen und hatte eine Rede gehalten, in der er sie und Tobias als »Helden« bezeichnet hatte.

Sie überquerten den Platz vor der Anlegestelle und bogen nach links auf einen Weg ab, der um den Klosterhügel herumführte.

»Wisst ihr eigentlich, dass meine Studenten euch total bewundern?«, fragte Maxi. »In ihren Augen ist selbst Indiana Jones ein kleines Licht gegen euch.«

Regina grinste. Sogar im fernen Würzburg, wo sie als Lehrerin arbeitete, hatte ihre Entdeckung damals hohe Wellen geschlagen. Seitdem war sie in der Achtung ihrer Schüler enorm gestiegen.

Tobias dagegen warf Maxi einen entsetzten Blick zu.

»Keine Angst«, beruhigte sie ihn. »Die sind erwachsen und haben ihre Bewunderung im Griff.«

Regina hatte nur noch halb zugehört, denn zwischen den knorrigen Bäumen am Ufer sah sie die andere Insel mit der weiß getünchten Kirche und dem in die Höhe ragenden Campanile aus dem 12. Jahrhundert.

Die Fraueninsel, dachte sie schaudernd. Wollte sie wirklich eine ganze Woche lang in deren Sichtweite verbringen?

Aber sie hatte sich nun mal dafür entschieden, Tobias hierher zu begleiten, und jetzt machte es keinen Sinn mehr, noch weiter darüber nachzudenken. Besser, sie schaute sich ein bisschen um.

Rechter Hand, am Hang des grasbewachsenen Hügels, auf dem das Chorherrenstift stand, sah sie die Zelte der Ausgrabungsmannschaft. Geschäftig wuselten ein paar junge Leute dazwischen herum.

Maxi war ihrem Blick gefolgt. »Der Boden hier ist immer noch ziemlich aufgeweicht, obwohl der Sommer so trocken war. Deshalb hat man uns den Platz dort oben zugewiesen.«

Je näher sie dem Zeltlager kamen, umso deutlicher konnte Regina fröhliche Stimmen und lautes Lachen hören.

Studenten in den ersten Semestern, noch beinahe so jung wie ihre eigenen Schüler. Ihr wurde warm ums Herz. So bedrückend, wie sie befürchtet hatte, würde ihr Aufenthalt auf der Herreninsel wohl doch nicht werden.

Sie hatten das Zeltlager erreicht und grüßten im Vorbeigehen eine Gruppe Studenten, die über eine Karte gebeugt um einen Tisch herum stand.

Maxi führte sie zu einem geräumigen Zelt, das am oberen Rand des Lagers aufgebaut worden war. »Bitteschön, das ist euer Reich. Übrigens dürfen wir drüben im Schlosshotel duschen. Dort gibt es auch Frühstück und Mittagessen.«

Sie bückte sich und hielt die Zeltplane hoch. »Jetzt macht es euch erst mal gemütlich.«

Dann waren sie alleine.

Regina ließ sich auf einen der beiden Campingstühle sinken, die neben einem wackeligen Tischchen in einer Ecke standen. »Eine ganze Woche lang nur du und ich. Schon schön, oder?«

Tobias stellte den Koffer ab und sah sich um. »Du bist gut. Sonderlich viel Privatsphäre haben wir hier wohl nicht, fürchte ich.«

Regina lachte. »Dann müssen wir halt ab und zu gaaanz leise sein.«

*

Die Sonne ging schon unter, als sie Hand in Hand zu einem gemütlichen Spaziergang zu dem blau gestrichenen Kirchlein aufbrachen, das sie am Nachmittag vom Schiff aus gesehen hatten. Doch auf dem Zeltplatz kam Maxi mit zwei Studenten auf sie zu. Ehe Regina es sich versah, hatte sie Tobias in ein Fachgespräch verwickelt.

»Ich fürchte, das hier wird ein bisschen dauern«, meinte er schon nach ein paar Sätzen. »Wie wäre es, wenn du einfach schon mal vorgehst? Ich komme dann nach.«

Eigentlich war das Regina gar nicht recht, denn sie hatte keine Lust, ausgerechnet auf der Herreninsel alleine in der Dämmerung unterwegs zu sein. Aber den schönen Herbstabend mit kalten Füßen neben einer Gruppe fachsimpelnder Archäologen zu verbringen, dazu hatte sie auch keine Lust.

»Alles klar«, sagte sie daher, nickte Maxi und den Studenten zu und machte sich auf den Weg.

Sie spazierte an der Klosterkirche vorbei, stieg über eine Treppe den Hügel hinunter und bog an der Schiffsanlegestelle nach links ab. Die Luft roch angenehm nach Holz und feuchten Blättern, und zwischen den Bäumen sah sie den Chiemsee, der im Licht der untergehenden Sonne rot und golden funkelte.

Obwohl sie nun schon eine geraume Zeit lang unterwegs war, war von Tobias immer noch nichts zu sehen. Aber schließlich wusste sie ja, wie sehr er für seinen Beruf brannte. Darum gönnte sie ihm die Freude, mit Fachkollegen plaudern zu können, von ganzem Herzen.

Wenig später hatte sie die hübsche Barockkapelle erreicht. Neugierig spazierte sie um das kleine Gebäude herum zu seiner dem See zugewandten Seite. Dann blieb sie stehen und betrachtete die Heiligenfigur, die sie scheinbar mit einer leichten Verbeugung gegrüßt hatte, als sie noch an Bord der Fähre gewesen war.

Der Heilige trug ein langes Priestergewand und einen mit Sternen geschmückten Heiligenschein. Er schien sich tatsächlich zu verbeugen, aber in Wirklichkeit wandte er sich dem Kreuz in seiner rechten Hand zu.

Das könnte der heilige Nepomuk sein, überlegte Regina. Er galt ja als Schutzpatron der Schiffer und passte so gesehen sehr gut hierher an den See.

Sie warf dem in Andacht Entrückten einen letzten Blick zu, ging zum Ufer und betrat einen kleinen Steg, der aufs Wasser hinaus führte.

Die Sonne war mittlerweile hinter dem Horizont verschwunden, aber der Himmel leuchtete immer noch orange und purpurrot. Über dem Ufer lag ein hauchdünner Nebelschleier. Wie dunkle Schatten zeichneten sich darin die Umrisse einiger Boote ab.

Am Ende des Steges blieb Regina stehen und beobachtete fasziniert, wie sich die Dämmerung über die Insel senkte und der immer dichter werdende Nebel weiter und weiter das Ufer hinaufkroch.

»*Regina* ...«

Sie zuckte zusammen.

Die Stimme war kaum lauter gewesen als das Rascheln der Blätter im leichten Wind. Dennoch hatte sie klar und deutlich ihren Namen vernommen.

Aber das konnte doch gar nicht sein!

Wieder hörte sie ein Geräusch. Es klang wie das Schnauben eines Pferdes. Und es kam von der Kapelle.

Langsam drehte sie sich um.

Im Nebel konnte sie die kleine Kirche nur undeutlich sehen, aber sie war sich sicher, dass dort niemand war.

Oder etwa doch?

Vage Umrisse schienen sich aus dem ziehenden Dunst zu schälen. Allmählich nahmen sie deutlichere Konturen an.

Sie glichen der Gestalt eines Reiters auf einem Pferd.

Stocksteif stand Regina da und starrte zu der Kapelle hin.

Da fuhr ein Windstoß über den Strand und trug einen Teil des Nebels mit sich fort.

Das merkwürdige Trugbild war verschwunden.

Mit wild klopfendem Herzen versuchte Regina, sich einen Reim auf das Erlebte zu machen.

Sie atmete ein paar Mal tief durch, bis sich ihr Herzschlag wieder einigermaßen beruhigt hatte.

Unsinn, dachte sie. Da war nichts. Da konnte ja auch gar nichts gewesen sein.

Ärgerlich schüttelte sie den Kopf und machte sich auf den Rückweg. Diesmal nahm sie allerdings den Kreuzkapellenweg, der über das Zentrum der Landzunge zum Chorherrenstift führte. Die Gefahr, Tobias zu verpassen, nahm sie billigend in Kauf. Denn sie hatte nicht die geringste Lust, wieder am nebelverhangenen Ufer vorbeizugehen und sich dabei vielleicht noch einmal irgendwelche Hirngespinste einzubilden.

*

»Ist alles in Ordnung mit dir?«, fragte Tobias. »Du warst eben so still.«

Nach dem Abendessen hatten sie noch lange mit Maxi und ihren Studenten um ein Lagerfeuer gesessen. Dabei hatte Regina tatsächlich sehr wenig gesprochen.

»Ich bin einfach nur todmüde«, antwortete sie.

Das entsprach natürlich nur halb der Wahrheit. Sie hatte noch einmal über das merkwürdige Fantasiegebilde an der Kapelle gegrübelt. Dabei gab es weiß Gott genug andere Dinge, auf die sie sich wirklich freuen konnte. Zum Beispiel auf die Führung am nächsten Vormittag. Dr. Friedberg, der Chef der Chiemseer Schlösserverwaltung höchstpersönlich würde die Studentengruppe durch das Neue Schloss führen, und beim Essen hatte sie erfahren, dass sie und Tobias daran teilnehmen durften.

Tobias zog sich gerade mit ein paar schnellen Handgriffen Anorak, Sweatshirt und Unterhemd gleichzeitig aus, warf das wilde Kleiderknäuel auf einen Campingstuhl und öffnete eilig den Koffer.

»Nun wühl doch nicht alles durcheinander!«, sagte sie.

»Mir ist aber kalt.« Er nahm das Oberteil seines Schlafanzuges heraus und zog es sich schnell über.

Männer, dachte Regina kopfschüttelnd und stapelte die Kleidungsstücke wenigstens halbwegs ordentlich wieder in den Koffer.

Sie schoben ihre Feldbetten eng zusammen, krochen in ihre gefütterten Schlafsäcke und kuschelten sich eng aneinander. Tobias legte seinen Arm um sie und war kurz darauf schon tief und fest eingeschlafen. Sie dagegen döste zwar ein, schreckte aber nach kurzer Zeit wieder hoch, weil sie wieder einmal von ihren unheimlichen Erlebnissen auf der Fraueninsel geträumt hatte. Und am Ende hatte sie wieder die leise Stimme gehört, die am vergangenen Abend an der Kapelle ihren Namen geflüstert hatte.

Vorsichtig, weil sie Tobias nicht wecken wollte, drehte sie sich zu ihm um und streichelte sein Gesicht.

Ein Jahr zuvor hatte sie dieses Abenteuer in seine Arme geführt. Bei dem Gedanken daran, dass er damals fast verblutet wäre, schauderte ihr, und sie schmiegte sich noch enger an ihn.

Eine Weile spielte sie noch mit einem Strang seiner langen blonden Haare, die ihm offen über den Rücken fielen. Dann glitt sie in den Schlaf hinüber.

Regina erschrak sich fast zu Tode. Sie hatte keine Ahnung, wo sie sich befand, und der Lärm um sie herum war ohrenbetäubend. Hinter ihr stampften und kreischten

Maschinen. Wenige Meter vor ihr schnaufte pfeifend eine Dampflokomotive heran, die ganz nahe an ihrer rechten Seite vorbeifuhr. Linker Hand, nur ein paar Schritte entfernt, holperten von Pferden gezogene Gespanne über einen gekiesten Waldweg.

Allmählich wurde ihr klar, dass sie immer noch auf der Herreninsel war. Sie stand auf einer großen Lichtung. An der Uferseite war eine breite Schneise in den Wald geschlagen worden, und sie konnte über einen Schilfrand hinweg auf den Chiemsee schauen. Dort entdeckte sie mehrere Dampfschiffe, die mit Backsteinen beladene Kähne hinter sich her zogen. Und in der Ferne sah sie die Chiemgauer Alpen.

Vorsichtig, um nicht unerwartet mit irgendetwas zusammenzustoßen, drehte sie sich um.

Der kreischende Maschinenlärm stammte von einem Sägewerk, das wohl ebenfalls mit Dampf betrieben wurde. Die Eisenbahn hatte dort angehalten. Einige Männer in zerschlissenen Hemden und Hosen und groben Schuhen eilten herbei, um die Waggons mithilfe eines Krans mit langen Brettern zu beladen. Und aus dem Wald zogen mehrere Holzrückepferde frisch geschlagene Baumstämme heran.

Die vielen Pferde, die veralteten Dampfmaschinen und die fremdartige Kleidung der Handwerker um sie herum ließen nur einen Schluss zu: Es war genauso wie ein Jahr zuvor auf der Fraueninsel; sie war wieder in einem Traum gefangen, der sie in eine andere Zeit versetzt hatte.

Die Erkenntnis fuhr Regina durch Mark und Bein.

Nein, sie wollte nicht hier sein! Damals hatten ihre Träume sie auf die Spur eines Verbrechens geführt – und an die Schwelle des Todes!

Ihre Verzweiflung war so groß, dass sie eine Zeit lang ganz still stehen blieb. Dann stieg zögernd eine Ahnung in ihr auf. War sie etwa …?

Noch einmal sah sich Regina nach allen Seiten um.

Tatsächlich. Alles deutete darauf hin, dass sie sich im 19. Jahrhundert befand. Und auf der Insel wurde offenbar mächtig gebaut. Vielleicht arbeiteten die vielen Leute ja am Neuen Schloss …

Aber konnte es denn wirklich sein, dass man extra zu diesem Zweck ein ganzes Sägewerk und eine richtige Eisenbahnstrecke errichtet hatte?

Regina dachte an die Bilder von Ludwigs prächtigen Schlössern und prunkvollen Wohnräumen, die sie in ihrem Reiseführer gesehen hatte.

Ja. Die Bauwut dieses Königs war offensichtlich so gigantisch gewesen, dass sogar das möglich war.

Nicht allzu weit entfernt stand ein Pferdefuhrwerk, das ein paar Arbeiter mit hölzernen Stangen beluden. Regina überlegte kurz, dann ging sie zu dem Wagen und blieb neben dem Kutschbock stehen.

»Entschuldigung«, sagte sie laut und deutlich zu dem Kutscher.

Der Mann beachtete sie nicht.

»Entschuldigung!«, rief sie noch einmal.

Nun kramte er eine Pfeife und eine Tabaksdose aus seiner Hosentasche hervor, ohne sie eines Blickes zu würdigen.

Regina runzelte die Stirn. Offenbar nahm er sie gar nicht wahr. Wirklich alles schien genauso zu sein wie in ihren Träumen damals auf der Fraueninsel.

Sicherheitshalber versuchte sie es trotzdem noch einmal.

»HALLO!!!«, brüllte sie so laut, wie sie nur konnte. Aber der Kutscher stopfte ungerührt seine Pfeife und zündete sie an, nahm einen tiefen Zug und stieß eine Qualmwolke aus.

»Dann fahre ich halt einfach mit«, murmelte sie.

Entschlossen stieg sie auf den Kutschbock, der unter ihrem Gewicht ein winziges bisschen ins Wanken geriet. Der rauchende Kutscher schaute irritiert in ihre Richtung, aber dann zuckte er mit den Schultern, ergriff die Zügel und schnalzte mit der Zunge. Die Pferde zogen kräftig an, und durch den Wagen ging ein heftiger Ruck. Regina verlor das Gleichgewicht und fiel unsanft auf den hölzernen Sitz.

»Das fängt ja gut an«, brummte sie und rieb sich ihren schmerzenden Rücken.

Der Wagen war schwer beladen, und sie kamen nur äußerst langsam voran. Eine Zeit lang ging es am Ufer entlang durch dichten Wald, dann lenkte der Kutscher die Tiere nach rechts einen Hügel hinauf.

Die Pferde schnauften vor Anstrengung, und das Fell an ihren Hälsen begann vor Schweiß zu glänzen.

Oben angekommen, bogen sie noch einmal rechts ab, und wenig später öffnete sich der Wald. Schon von Weitem konnte Regina erkennen, dass ein Stück weiter vorn emsige Betriebsamkeit herrschte.

Ihr Herz schlug schneller. Ob sie sich der Baustelle des Neuen Schlosses näherten?

Dann hatten sie den Waldrand erreicht und fuhren auf einen weitläufigen Platz zu.

Regina atmete tief durch.

Sie befanden sich vor der Fassade des Neuen Schlosses. Es war zumindest von außen schon so gut wie fertig, dennoch ging es auf der Baustelle zu wie in einem Bienenstock: Handwerker mit schweren Geräten und hoch beladenen Schubkarren liefen hin und her; überall klopfte und hämmerte es, Hufe trappelten, Wagenräder quietschten, Menschen riefen durcheinander.

Linker Hand hoben mehrere Kolonnen schwitzender Männer zwei große, flache Gruben aus. Und gegenüber warteten einige von Pferden gezogene Wagen darauf, entladen zu werden.

Regina sah mehrere Holzhütten mit groben Tischen davor, an denen Frauen mit Hauben auf dem Kopf und Schürzen über ihren langen Kleidern Teller und Becher verteilten.

Sie sah sich weiter um und runzelte verwirrt die Stirn. Je näher sie der nördlichen Seite des Neuen Schlosses kamen, desto mehr sah es danach aus, als sollte dort noch ein vierter Flügel entstehen, der ein paar Meter nach hinten versetzt war.

Das konnte doch gar nicht sein, dachte Regina. In ihrem Reiseführer und auf allen Fotos hatte das Neue Schloss schließlich nur drei Flügel. Außerdem wäre wohl nicht einmal König Ludwig II. so vermessen gewesen, dieses ohnehin schon unglaublich prachtvolle und teure Gebäude noch größer zu bauen. Aber bedeutete das nicht, dass sie sich gar nicht wirklich in einer anderen Zeit befand? Dann war alles, was sie in diesem Augenblick hier zu erleben glaubte, niemals wirklich geschehen, sondern wohl nur Teil eines ganz normalen Traumes. Gott sei Dank!

Abgrundtief erleichtert schloss sie die Augen.

»Fahr ein Stück weiter vor, Mann, sonst können wir nicht weitermachen!«

Die raue Männerstimme ließ sie aufschrecken.

Ich steige jetzt wohl besser aus, dachte sie und erhob sich. Dabei blieb ihr Blick an einer Menschengruppe hängen.

Da waren ja auch Soldaten, nahm sie überrascht zur Kenntnis.

Die Männer trugen blaue Uniformen und hatten sich in einem großen Kreis um eine Männergruppe in Zivil aufgestellt.

Neugierig kletterte Regina vom Kutschbock und ging zu den Wachleuten hinüber.

Verdutzt blieb sie stehen, als einer der Wächter sie mit durchdringendem Blick ansah.

Aber nein. Er sah zu einem Handwerker hin, der mit einer Feile in der Hand dicht hinter ihr stand.

»Bitte entschuldigt«, meinte der Mann verlegen. »Herr von Dollmann, der Chefarchitekt, hat mich rufen lassen.«

Der Soldat nickte. »In Ordnung. Aber du musst mir solange deine Feile geben.«

»Selbstverständlich.« Der Handwerker verbeugte sich leicht, händigte dem Wachsoldaten das Werkzeug aus und ging weiter.

Reginas Handflächen wurden feucht, als sie ihm folgte.

Nach wenigen Schritten sah sie, dass die Gruppe in Zivil um einen Tisch herum stand, auf dem ein Bauplan ausgebreitet war.

Einer der Männer richtete sich auf und sprach ein paar Worte mit seinem Nachbarn. Er hatte kurze, schwarze, lockige Haare und einen dunklen Bart.

»Das ist ja König Ludwig II.«, murmelte Regina überrascht.

Alleine in Prien und auf der Herreninsel hatte sie sein Gesicht mindestens ein dutzend Mal auf Postkarten und Postern, Büchern und Denkmälern gesehen. Trotzdem hatte sie keine Ahnung gehabt, dass er so groß gewesen war.

Der König überragte jeden in seiner Umgebung um mindestens einen Kopf. Er mochte etwa Mitte dreißig sein und war ein bisschen füllig. Doch als er sich umdrehte, war es, als träfe der Blick aus seinen großen, dunklen Augen Regina mitten ins Herz.

Eigentlich sah er aber den Handwerker an, der neben ihr stehen geblieben war. Als der eine tiefe Verbeugung machte, zog sich ein freundliches Lächeln über das Gesicht des Königs.

Was für eine charismatische Erscheinung, dachte Regina. Seine Traumschlösser waren wahrscheinlich gar nicht der einzige Grund gewesen, weshalb ihn seine Untertanen so verehrt hatten und man ihn selbst heute noch den »Märchenkönig« nannte.

Ein Herr mit buschigen Augenbrauen und prächtigem Schnurrbart wandte sich ihm zu. »Bitte entschuldigt mich, Eure Majestät. Ich muss mich mit einem meiner Maurermeister besprechen.«

»Natürlich, Herr von Dollmann.« Ludwig nickte ihm noch einmal zu und wandte sich wieder dem Bauplan zu.

Regina nutzte ihre Chance und stellte sich in die Lücke, die der Mann mit dem Schnurrbart hinterlassen hatte. Neugierig betrachtete sie den Plan.

Mein Gott, was hatte dieser König da bloß vorgehabt, dachte sie völlig perplex.

Nicht nur der vierte Flügel, den sie auf der Fahrt hierher gesehen hatte, war auf dem Plan eingezeichnet. Auf der anderen Seite des zentralen Gebäudes sollte offensichtlich noch ein weiterer etwas nach hinten verlagerter Trakt entstehen, in dem sogar noch eine Kirche untergebracht werden sollte.

Angeblich hatte Ludwig II. mit seinen Prachtbauten ja beinahe den bayerischen Staat ruiniert, fiel ihr ein. Wie um Himmels willen hatte er auch noch diese riesigen Anbauten finanzieren wollen?

Sie warf dem König einen ratlosen Blick zu. War es wirklich möglich, dass dieser freundliche, umwerfend charmante Mann am Ende derart jegliches Maß verloren hatte?

Schweigend betrachtete Ludwig II. noch einmal den Grundriss seines neuen Märchenschlosses, bevor er das Wort an die Umstehenden richtete. Er redete schnell und ein wenig undeutlich, aber seine Ideen waren präzise und sehr durchdacht formuliert. Die Männer am Tisch hingen regelrecht an seinen Lippen, und einige machten sich eifrig Notizen.

Dann unterbrach sich der König und schaute nachdenklich über die Schultern seiner Begleiter zu den vielen Holztischen hinüber. Dort stand nur noch ein vielleicht siebzehn Jahre altes Mädchen, das einen Korb mit Brot im Arm hielt. Angeregt unterhielt es sich mit einem von Ludwigs Soldaten.

»Der junge Herr von Adlerfels soll gefälligst seinen Pflichten als Euer Leibwächter nachkommen, statt hübschen Frauen schöne Augen zu machen«, knurrte ein bärtiger Mann mittleren Alters.

Ludwig zog die Augenbrauen hoch. »Da kann ich Euch beruhigen, werter Herr von Effner. Ich habe den Herrn Leutnant höchstpersönlich für den Vormittag von seinen Pflichten entbunden. Er kann mit der jungen Dame sprechen, so lange er möchte.«

Peinlich berührt senkte der Gerügte den Kopf.

Regina dagegen sah wieder zu dem jungen Offizier hinüber.

Er schaute dem Mädchen tatsächlich auffällig tief in die Augen, fand sie.

Das Mädchen strich sich eine blonde, lockige Haarsträhne aus dem Gesicht und schenkte dem Leutnant ein strahlendes Lächeln. Sie schien ihn offensichtlich auch sehr gern zu haben. Und die beiden, dachte sie, wären wirklich ein schönes Paar. Aber der Herr von Adlerfels war ein Adliger, das Mädchen dagegen stammte mit Sicherheit aus einer einfachen Familie. Der Standesunterschied war also so groß, dass die beiden mit Sicherheit nicht zusammenkommen durften.

Da sagte Ludwig II. neben ihr in die Runde: »Es wird Zeit für das Mittagessen, denkt Ihr nicht auch?«

Zustimmendes Gemurmel war die Antwort, und die Männer setzten sich in Bewegung. Als sich die Soldaten wie auf einen unsichtbaren Befehl hin um sie herum gruppierten, warf der Freiherr von Adlerfels ihnen einen kurzen Blick zu. Dann verabschiedete er sich von dem Mädchen und nahm seinen Platz unter den Wachen ein.

Regina ging mit ein paar Metern Abstand hinter der Gruppe um den König her.

Da hörte sie einen erschrockenen Aufschrei. Etwas Schweres krachte lautstark zu Boden. Regina fuhr herum und sah, wie ein Haufen großer Steine von einem voll beladenen Wagen polterte. In Panik stiegen die Zugpferde auf ihre Hinterbeine und galoppierten los, direkt auf die Gruppe um den König zu.

Die Männer stoben auseinander, doch einer der Leibwächter packte Ludwig II. und riss ihn zur Seite. Aber
der König geriet ins Stolpern und drohte vor die Hufe der
durchgehenden Pferde zu fallen.

Im letzten Moment warf sich Leutnant von Adlerfels
gegen ihn und stieß ihn aus dem Weg; er selbst jedoch
wurde von den Pferden umgerissen und von dem schweren Wagen überrollt.

Regina war steif vor Schrecken.

Hoffentlich hatte es ihn nicht allzu schwer erwischt,
war das erste, was sie denken konnte. Aber schon im
nächsten Moment fragte sie sich, ob er diesen Unfall
überhaupt überlebt haben konnte.

DIE WARNUNG DES REITERS

Etwas kitzelte sie an der Nase. Ärgerlich schlug sie danach und drehte sich auf die andere Seite.

»Aufwachen! Sonst räumen die Kellner vom Schlosshotel ihr tolles Frühstück noch vor unserer Nase ab. Und ich hab so was von Hunger …«

Wieder kitzelte es, diesmal an ihrer Wange.

Regina steckte der Schrecken noch in den Gliedern. Sie brauchte einen Moment, bis sie begriff, dass sie in ihren Schlafsack eingehüllt auf ihrem Feldbett lag.

Es war nur ein Traum gewesen. In Wirklichkeit war niemandem etwas passiert, dachte sie erleichtert.

»Na komm schon, du Langschläferin!«

Das war Tobias.

»Ich hab Ferien, du Quälgeist«, knurrte sie, tat ihm aber den Gefallen.

Mit einer Feder in der Hand stand er neben ihrem Bett. Seine Augen blitzten, und er war geradezu erschreckend hellwach. »Endlich! Ich dachte schon, du würdest die Augen gar nicht mehr aufmachen.«

Gähnend richtete sie sich auf. »Wenn du es mit diesem Folterwerkzeug nicht geschafft hättest, wäre ich ja wohl tot.«

»He! Das ist nur eine Schwanenfeder. Ich bin heilfroh, dass ich sie gefunden habe. Das war nämlich meine letzte Rettung«, behauptete er. »Hast du wenigstens von mir geträumt?«

»Nein«, antwortete sie. »Von König Ludwig II.«

»Na hör mal!«

Sie schälte sich aus dem Schlafsack und schob ihre Beine über den Rand des Feldbetts. »Er ist immerhin der Märchenkönig, oder nicht? Außerdem hat der Mann richtig gut ausgesehen, als er jung war.«

Tobias' Mund verzog sich zu jenem Lausbubengrinsen, das sie so sehr an ihm liebte. »Trotzdem hält er einem Vergleich mit mir garantiert nicht stand.«

»Natürlich nicht. Wo sogar Indiana Jones ein Niemand ist im Vergleich zu dir …« Sie stand auf, legte die Arme um seinen Hals und gab ihm einen zärtlichen Kuss.

Kein Wunder, dass sie ausgerechnet von Ludwig II. geträumt hatte, dachte sie, als sie sich anzog. Immerhin würden sie ja gleich sein Schloss besichtigen. Und darauf war sie nun wirklich gespannt.

*

»Ich versteh' echt nicht, wie der Mann hier leben konnte.«
Skeptisch musterte Nils, einer von Maxis Studenten, die hohen, von goldenen Kerzenleuchtern gerahmten Spiegel, die prachtvollen Kristalllüster an der Decke und die unzähligen goldenen Figuren und Verzierungen an den Wänden des Spiegelsaales im Neuen Schloss.

»Na komm«, widersprach seine Freundin Annelie. »Das hier ist doch traumhaft. Die ganze Zeit stelle ich mir vor, wie ich in einem schönen, langen Kleid durch diesen Saal schreite. Da muss man sich doch wahrlich wie eine Prinzessin fühlen.«

»Dann war König Ludwig bestimmt ein Gönnjamin«, feixte Nils. »Für Bayerns Babo nur das Beste.«

»Was meint er denn damit?«, wisperte Tobias ihr ins Ohr.

»Er meint, dass sich Ludwig II. viel gegönnt hat. Und mit 'Bayerns Babo' meint er den Chef der Bayern«, flüsterte Regina ihm zu, die als Lehrerin den Slang der Jugendlichen von Pausenhof her kannte.

Auch Dr. Friedberg hatte die leise Unterhaltung offensichtlich mitbekommen. »Der König hat tatsächlich nur ein einziges Mal hier gewohnt«, sagte er. »Das war im September 1885, für ganze neun Tage.«

»Dann hat der Gute es hier wohl auch nicht ausgehalten«, meinte Nils.

Dr. Friedberg schüttelte den Kopf. »Im Gegenteil: Herrenchiemsee sollte seine Hauptresidenz werden. Aber Ludwigs private Gemächer wurden erst 1885 fertig, und ein knappes Jahr später war er tot.«

Nils zog die Augenbrauen hoch. »Dann blieb es ihm wenigstens erspart, hier nochmal schlafen zu müssen.«

Annelie gab ihm einen Rippenstoß.

Regina ging es im Grunde ähnlich wie Nils: Die überbordende Pracht des Schlosses erschlug sie fast. Gleichzeitig übte dieses märchenhafte Gebäude eine merkwürdige Faszination auf sie aus.

Um den Touristenströmen auszuweichen, die sogar um diese Jahreszeit das Schloss noch förmlich überfluteten, hatte Dr. Friedberg seine Führung dort begonnen, wo die üblichen Touren endeten: im nördlichen Treppenhaus. Das war zwar im Rohbau stecken geblieben, dennoch hatte es Regina schon einen ersten Eindruck von jenem Prunk vermittelt, mit dem Ludwig das übrige Schloss ausgestattet hatte.

Dennoch hatte die unfassbare Pracht der fertiggestellten Räume sie überrascht. Und das private Schlafzimmer des Königs hatte ihr einen kleinen Schrecken eingejagt.

Wie hatte Ludwig dort nur friedlich schlafen können, hatte sie sich beim Anblick der niedrigen, aus goldenen Säulen bestehenden Brüstung gefragt, die das royale Bett vom Rest des Raumes trennte. Es wirkte so, als hätte der König sogar noch im Schlaf seine geheiligte Person von allzu profanen Begegnungen mit Dienern und anderen normalen Menschen separieren wollen.

Dieses Zimmer kam ihr vor wie die in Gold gegossene Vereinsamung. Was mochte im Kopf des Mannes vorgegangen sein, der so etwas für sich hatte bauen lassen?

»Stimmt es eigentlich, dass Ludwig II. mit seinen Schlössern beinahe den Bayerischen Staat ruiniert hätte?«, fragte sie.

»Nein«, antwortete Dr. Friedberg. »Er hat alles aus seiner eigenen Kasse und mit dem Vermögen seiner Familie bezahlt, deren Oberhaupt er nun mal war. Am Schluss waren die Wittelsbacher aber tatsächlich so gut wie pleite, und Ludwig hatte enorme Schulden. Dabei war er mit dem Bauen noch längst nicht fertig, als er starb. Er plante schon die nächsten Burgen und Paläste, und für das Neue Schloss waren zwei weitere Gebäudeflügel vorgesehen. Vom nördlichen Teil stand bei seinem Tod schon der Rohbau, aber der wurde 1907 wieder abgerissen. Und im südlichen Trakt sollte sogar eine Kirche integriert werden.«

Bei seinen Worten bekam Regina weiche Knie. Sie hatte noch nie etwas von Ludwigs ursprünglichen Bauplänen gehört, geschweige denn etwas gesehen. Da war sie sich ganz sicher. Trotzdem …

»Man kann sich heute kaum mehr vorstellen, was damals hier los gewesen ist«, fuhr er fort. »Dampfschiffe zogen mit Granit und Backsteinen beladene Kähne zur Insel; es gab hier sogar ein Sägewerk und eine Bahnlinie, die das Baumaterial zum Schloss brachte.«

Reginas Gedanken überschlugen sich. Was Dr. Friedberg da erzählte, stimmte haargenau mit ihrem Traum überein. War sie in der vergangenen Nacht doch wieder in einer anderen Zeit gewesen, auf der Baustelle des Neuen Schlosses?

Nein, dachte sie. Das kann, das darf einfach nicht wahr sein.

Erst als Tobias sie anstupste, merkte sie, dass die Gruppe schon im Begriff war, den Spiegelsaal zu verlassen.

Nimm dich bloß zusammen, ermahnte sie sich, hakte sich bei Tobias unter und folgte den anderen in den Beratungssaal. Doch ihr Herz schlug so heftig, dass sie Dr. Friedbergs Worte nur noch mit Mühe verstand.

»König Ludwig II. wollte mit diesem Schloss eine Kopie des französischen Versailles errichten lassen«, sagte er. »Dessen Erbauer, König Ludwig XIV. von Frankreich, war sein großes Vorbild, dem er sein Leben lang nachgeeifert hat.«

»Was ist denn los? Du bist ja kreideweiß«, flüsterte Tobias Regina alarmiert zu.

»Mir ist schlecht«, brachte sie mühsam hervor.

Tatsächlich wurde ihr gerade so schwindelig, dass sie sich an ihm festhalten musste.

Er legte seinen Arm um ihre Taille und führte sie zurück in den leeren Spiegelsaal. Dort half er ihr, sich auf den Parkettboden zu setzen, hockte sich vor sie hin und sah sie voller Sorge an.

»Das gibt sich bestimmt gleich wieder«, murmelte sie.

»Der bayerische Ludwig war aber nicht mit den französischen Königen verwandt, oder?«, hörte sie im Beratungssaal eine Studentin fragen.

Dr. Friedberg antwortete, aber Regina verstand ihn nicht.

»Lass' dich bloß nicht wegen mir von dieser tollen Führung abhalten«, sagte sie zu Tobias.

»Die ist jetzt nicht so wichtig«, widersprach er. »Ich möchte erst mal sicher sein, dass es dir wieder gutgeht.«

Regina atmete tief durch. Seit sie saß, ging es ihr tatsächlich etwas besser. Und sie wollte Tobias auf gar keinen Fall die Gelegenheit zur Schlossbesichtigung vermasseln. Darum würde sie jetzt aufstehen.

Mit seiner Hilfe kam sie wieder auf die Beine, und als sie langsam zur Gruppe zurückkehrten, ließ der Schwindel ein bisschen nach. Aber der Schock über das Gehörte saß so tief, dass sie vom Rest der Führung kaum noch etwas mitbekam.

Vielleicht war sie im Schlaf doch wieder in die Vergangenheit gereist, so wie damals auf der Fraueninsel. Dabei hatte sie geglaubt, das sei ein für alle Mal vorbei.

Sie hatte Angst und war total durcheinander. Doch sie gab sich redlich Mühe, ihre innere Unruhe zu verbergen.

Nach der Führung schaffte sie es sogar, beim Mittagessen eine halbwegs normale Portion zu verdrücken. Aber sie war heilfroh, als sie mit Tobias endlich zu ihrem Zelt zurückkehren konnte. Mittlerweile war ihr nämlich klar geworden, dass sie dringend mit ihm über ihr Erlebnis reden musste.

Auf dem Weg zum Zeltplatz warf er ihr immer wieder besorgte Blicke zu, und als sie das Zelt fast erreicht hatten, sagte er: »Dir geht es immer noch nicht richtig gut, oder?«

»Wenigstens ist mir nicht mehr schwindelig«, antwortete sie ausweichend.

»Na immerhin«, brummte er und hob die Zeltplane hoch.

Regina schlüpfte darunter hindurch und ließ sich auf einen Campingstuhl fallen.

Tobias setzte sich zu ihr und musterte sie aufmerksam.

»Du weißt ja, dass ich in der vergangenen Nacht einen Traum gehabt habe«, begann sie vorsichtig.

Sein Gesicht verzog sich zu einem Lausbubengrinsen. »Oh ja. Und der muss so schön gewesen sein, dass du gar nicht mehr aufwachen wolltest.«

»Hm, ja«, meinte sie. »Das Problem ist nur: Ich war heute zum ersten Mal im Neuen Schloss. Und weil wir erst seit Kurzem wissen, dass du hier nach dem Geheimgang suchen wirst, habe ich über die Herreninsel und Ludwig II. bisher nur wenig in meinem Reiseführer nachgelesen. Doch im Traum war ich auf der Baustelle des Neuen Schlosses. Und eben bei der Führung hat sich herausgestellt, dass ich im Schlaf dort alles genau so erlebt habe, wie es anscheinend in Wirklichkeit gewesen ist.«

Irrte sie sich, oder war Tobias blass geworden? Das Licht im Zelt war so schummerig, dass sie sich nicht sicher sein konnte.

Hilflos hob sie die Hände. »Der vierte Gebäudetrakt, die Eisenbahn, die Dampfschiffe mit den Kähnen voller Steine, ja sogar den Bauplan, auf dem auch der vierte und der fünfte Flügel und die Kirche eingezeichnet waren …

All das habe ich gesehen. Dabei hatte ich davon vorher absolut keine Ahnung. Als mir das klar wurde, ist mir schlecht geworden.«

Tobias runzelte die Stirn. Dann sagte er in einem merkwürdigen Tonfall: »Du glaubst also tatsächlich, dass du im Schlaf wieder einmal in die Vergangenheit gereist bist. Und diesmal ausgerechnet in die Zeit des Märchenkönigs. Ich muss schon sagen: Alle Achtung, Prinzesschen. Findest du nicht auch, dass es allmählich reicht?«

Warum klang er plötzlich so sarkastisch, fragte sich Regina verdutzt. So sollte er nun wirklich nicht mit ihr reden. Bis jetzt hatte er das ja auch noch nie getan.

Vorsichtig sagte sie: »Für mich sieht jedenfalls alles danach aus. Und stell dir vor: Gestern Abend ...«

»Mag ja sein«, unterbrach er sie. »Dennoch bin ich fest davon überzeugt, dass diesmal alles nur deiner Fantasie entsprungen ist. Diese merkwürdig wahren Träume auf der Fraueninsel hast du doch nur gehabt, weil du offenbar tatsächlich eng mit Herzog Tassilo verwandt bist, obwohl der seit über 1200 Jahren tot ist.«

Regina hob die Hände. »Das habe ich auch gedacht. Aber ...«

Tobias nahm ihren Einwand gar nicht erst zur Kenntnis. »Darum musst du diesmal völlig falsch liegen. Etwas anderes ist gar nicht möglich. Bestimmt hast du irgendwann schon mal Bilder von der Baustelle gesehen. Oder du hast als Kind im Geschichtsunterricht oder im Fernsehen oder sonst wo davon gehört. Und daran hast du dich in deinem Traum jetzt unterbewusst erinnert.«

Zorn stieg in Regina hoch. »Weißt du eigentlich, dass Philipp Menander mir auf der Fraueninsel damals genau dasselbe gesagt hat? Aber das war grundfalsch. Und ob du's glaubst oder nicht: Dieser gemeine Kerl, der mich damals aus dem Weg räumen wollte, hat das sogar ganz genau gewusst.«

Tobias' Augen verengten sich. »Willst du mich etwa mit diesem Irren vergleichen?«

Ihre Unterhaltung glitt in eine gefährlich falsche Richtung ab, weswegen sie eilig beteuerte: »Natürlich nicht.«

Tobias nickte. »Egal, aus welchem Grund dieser Kerl deine Träume damals als unterbewusste Erinnerungen interpretiert hat – ich weiß, dass es so etwas wirklich gibt. Und dass es irgendwann – weiß Gott wie – wieder an die Oberfläche kommen kann.«

Regina war so maßlos enttäuscht, dass ihr die Tränen kamen. »Das ist mir auch klar. Trotzdem kann dieser neue Traum kein Zufall sein, denn gestern …«

»Das sehe ich anders«, unterbrach er sie und begann, mit seinen Fingern ungeduldig auf den Tisch zu trommeln. »Es gibt die eigenartigsten Zufälle. Oder glaubst du im Ernst, du wärst auch noch mit Ludwig II. eng verwandt?«

»Sicher nicht«, seufzte Regina.

Tobias zog die Augenbrauen hoch. »Ja, eben. Das wäre nämlich ein noch viel merkwürdigerer Zufall. Soviel ich weiß, hatte der Mann nicht mal Kinder.«

»Du glaubst mir also nicht«, stellte sie fest.

»Ich glaube dir, dass du geträumt hast«, korrigierte er sie. »Aber ich bin felsenfest davon überzeugt, dass die Übereinstimmungen zwischen deinem Traum und der Wirklichkeit diesmal einen völlig anderen Grund haben als im letzten Jahr. Etwas anderes ist gar nicht möglich.«

Wirklich nicht?, fragte sich Regina.

Aber es machte keinen Sinn, weiter mit ihm zu diskutieren.

Tobias nahm ihre Hände und sah ihr fest in die Augen. »Ich verstehe absolut, dass dich die Erinnerungen an deine unheimlichen Erfahrungen auf der Fraueninsel hier wieder einholen. Aber bitte sei so gut: Mach' dich nicht verrückt. Sonst verdirbst du dir nur deine Ferien.«

Er stand auf. »Wie du weißt, habe ich in zehn Minuten einen Termin bei Dr. Friedberg. Danach muss ich mich dringend auf meinen morgigen Besuch im Rosenheimer Stadtarchiv vorbereiten.«

Tu, was du nicht lassen kannst, dachte Regina.

Im Grunde war sie froh, eine Weile allein zu sein, denn sie war immer noch abgrundtief enttäuscht von seiner Reaktion auf ihren Traum.

»Lass' dir alles nochmal gründlich durch den Kopf gehen«, bat er sie noch. »Und vor allem: Bleib auf dem Teppich!« Dann verließ er das Zelt.

Kopfschüttelnd sah Regina ihm nach. »Prinzesschen!«, stieß sie verächtlich zwischen den Zähnen hervor. »Wie kommst du nur auf die Idee, mich wie ein dummes kleines Mädchen zu behandeln?«

Es dauerte einige Zeit, bis sie sich endlich zu einem Spaziergang aufraffen konnte. Wahrscheinlich würde sie sich dabei wieder beruhigen, sodass sie mit klarem Kopf über ihre aufwühlenden Erlebnisse nachdenken konnte. Und über Tobias' unerwartetes Verhalten.

*

Sie ging durch das Zentrum der Insel zum Neuen Schloss, das sie von allen Seiten gründlich inspizierte. Dann sah sie sich den Garten mit den Brunnen der Fama und der Fortuna an, wandte sich nach Süden und ging in den Wald. Doch schon nach wenigen Schritten blieb sie überrascht stehen.

Das war ja genau der Weg, auf dem sie in ihrem Traum auf dem Pferdewagen zum Schloss gekommen war, stellte sie erschrocken fest.

Ihr wurde wieder schwindelig. Vorsichtig setzte sie sich auf einen Baumstumpf, holte tief Luft und versuchte, ihre Gedanken zu ordnen.

Es dauerte eine Weile, bis sie wieder zur Ruhe gekommen war und sich ihren Traum noch einmal durch den Kopf gehen lassen konnte. Aber egal, wie lange und wie intensiv sie darüber nachdachte, sie fand nur eine einzige sinnvolle Erklärung: Sie musste im Schlaf in das 19. Jahrhundert gereist sein.

Die Erkenntnis erschütterte sie zutiefst. Dabei waren sie und Tobias doch felsenfest davon überzeugt gewesen, dass ihr so etwas nie wieder passieren würde.

Sie wünschte sich so sehr, mit ihm noch einmal über alles zu reden und ihre Gedanken und Gefühle mit ihm zu teilen. Aber das brauchte sie gar nicht erst zu versuchen, denn er würde sie ohnehin nicht verstehen.

War er überhaupt der Richtige für sie?

Die Frage jagte ihr einen neuen Schrecken ein. Erst recht, weil sie keine Antwort darauf hatte.

Traurig stand sie auf und ging weiter.

Nach einer Weile erreichte sie den Aussichtspunkt an der Südwestspitze von Herrenchiemsee und wandte sich Richtung Osten.

Irgendwo dort im Wald musste der keltische Ringwall liegen, an dem Maxi und ihre Studenten Ausgrabungen vornahmen.

Aber sie würde nicht dort vorbeischauen. Sie wollte einfach nur alleine sein.

Es ging immer weiter abwärts, bis sie das südöstliche Ende der Insel erreichte.

Eigentlich hätte sie so schnell wie möglich weitergehen sollen, denn es dämmerte schon. Aber sie war immer noch derart aufgewühlt, dass sie Tobias auf keinen Fall begegnen wollte. Dann würde er sie nämlich fragen, was mit ihr los sei, und sie müsste ihn entweder anlügen oder neue, arrogante Kommentare ertragen. Auf beides hatte sie nicht die geringste Lust. Darum ging sie über einen kurzen Pfad zum

See, setzte sich auf einen querliegenden Baumstamm und schaute aufs Wasser, während in den Dörfern am anderen Ufer des Sees die ersten Lichter angingen.

Am Abend zuvor hatte sie trotz ihrer Bedenken noch auf ein paar ruhige, entspannte Ferientage gehofft. Aber inzwischen dachte sie, sie hätte wohl besser auf ihr Bauchgefühl hören sollen. Nun war alles noch viel schlimmer gekommen, als sie befürchtet hatte.

Bedrückt schüttelte sie den Kopf.

Nun war sie seit fast einem Jahr mit Tobias zusammen, und sie hatten sich immer ausgezeichnet verstanden. Die ganze Zeit über hatte sie geglaubt, ihr Abenteuer damals hätte sie zu einem festen Team zusammengeschweißt, das nichts mehr auseinanderbringen konnte. Aber de facto hatten sie sich nur an den Wochenenden gesehen, und auch da nicht immer, und nun fragte sie sich, inwieweit sie ihn tatsächlich kannte. Oder war es womöglich so, dass sie in Wirklichkeit gar nicht zusammengehörten?

Sie zuckte kurz zusammen, als ihr Handy klingelte. Schnell zog sie es aus ihrer Tasche und meldete sich.

»Hallo, Regina!« Das war Tobias, und er klang besorgt.

»Alles klar bei dir?«, fragte sie.

»Doch, ja. Aber was ist mit dir? Und wo steckst du eigentlich?«

Kein Wunder, dass er sich Gedanken machte.

Inzwischen war die Sonne komplett hinter den Bergen verschwunden, und die Abenddämmerung machte sich breit.

»Tut mir echt leid. Ich hab die Zeit ganz vergessen«, sagte sie und hörte, wie Tobias am anderen Ende aufatmete. »Es wird aber noch eine Weile dauern, bis ich zurück bin. Ich sitze nämlich gerade an der Ostspitze der Herreninsel.«

»Hauptsache, dir ist nichts passiert«, meinte er spürbar erleichtert. »Weißt du was? Ich komme dir entgegen. Du bist auf dem Insel-Rundweg, stimmt's?«

»Richtig. Und deine Idee finde ich prima!« Regina freute sich wirklich, denn bei dem Gedanken, noch um die halbe Insel herumgehen zu müssen, wurde ihr mulmig. Wenigstens würde sie nun nicht mehr allzu lange alleine unterwegs sein.

»Okay, dann bis gleich. Pass' gut auf dich auf, ja?«

Regina stand auf, steckte ihr Handy zurück in die Tasche, schloss den Reißverschluss ihres Anoraks und studierte kurz den Lageplan, der nicht allzu weit von ihrem Standort entfernt angebracht war.

Der größte Teil des Weges führte durch dichten Wald. Bestimmt würde sie an der Stelle vorbeikommen, an der in ihrem Traum das Sägewerk gestanden hatte.

Ihr lief ein Schauer über den Rücken.

Sie hätte wirklich früher zum Zeltplatz zurückkehren sollen, dachte sie und ging eilig los.

Im Wald war es erschreckend dunkel, denn die Bäume ließen das schwache Abendlicht kaum noch durch. Zwischen den Stämmen begannen die ersten feinen Nebelschwaden zu tanzen.

Reginas Atem bildete kleine Wölkchen in der Luft. Immer wieder schaute sie sich nervös nach allen Seiten um.

Da hörte sie plötzlich ein Knacken im Unterholz.

»Das war nur ein Tier«, sagte sie laut zu sich selbst. Aber sie beschleunigte ihre Schritte und lauschte angespannt auf ein nächstes Geräusch.

Wieder knackte es, lauter diesmal und ganz nahe.

Sie ging noch schneller.

Plötzlich flog dicht vor ihr ein Vogel auf, und sie blieb erschrocken stehen.

Da war jemand, eindeutig!

Sie sah ihn nicht. Aber er war da, schräg hinter ihr zwischen den Bäumen. Eisig kalt kroch es ihr den Rücken hinauf.

»Unsinn!«, zischte sie verärgert über sich selbst, atmete tief durch und drehte sich um.

Vor dem tiefroten Himmel sah sie die dunklen Umrisse eines Reiters. Er war groß und schlank und hatte kurzes, lockiges Haar. Sein langbeiniges, edles Pferd warf den Kopf auf und ab und begann zu tänzeln. Dabei fiel für einen kurzen Moment etwas Licht auf sein Fell, das in der Abenddämmerung silbrig hell schimmerte.

Regina lief los. Dornenranken griffen nach ihren Knöcheln, sie stolperte, fing sich wieder und rannte, rannte und rannte.

Erst als sie in der Ferne Tobias in seinem roten Anorak sah, hielt sie an und sah sich keuchend um.

Sie stand an einer langen, sehr breiten grasbewachsenen Schneise, die bis zur Rückseite des Schlosses reichte.

Von dem dunklen Reiter war nichts mehr zu sehen.

»Warum keuchst du denn so?«, fragte Tobias.

»Oh, ich … mir war kalt, darum hab ich einen kleinen Sprint hingelegt«, flunkerte sie.

Tobias nickte. »Sport ist immer gut. Aber sag mal, wie war denn dein Nachmittag?«

»Schön«, behauptete sie. »Diese Insel ist wirklich ein Traum. Außerdem gibt es hier jede Menge zu entdecken. Und wie war's bei dir?«

»Dr. Friedberg scheint ein netter Mensch zu sein«, meinte er. »Der Mann hat sich viel Zeit für mich genommen. Er wirkte richtig neugierig, als ich ihm von meiner Suche nach dem Geheimgang erzählt habe, und er hat mir jede erdenkliche Hilfe angeboten.«

Tobias grinste. »Fehlt eigentlich nur, dass ich ihn jederzeit anrufen darf, auch nachts.«

»Mhm«, meinte Regina abwesend.

Sie hatte schon wieder ein Geräusch gehört. Ein leises Wiehern …

Instinktiv griff sie nach Tobias' Hand.

Wahrscheinlich war das eines der Pferde XXX vom Bauernhof, versuchte sie sich selbst zu beruhigen. Der lag zwar ziemlich weit weg, aber vielleicht stand der Wind gerade günstig.

Sicherheitshalber warf sie noch einmal einen Blick über ihre Schulter zurück, während sie durch den Wald auf das

Chorherrenstift zusteuerten und Tobias ihr von den Fresken dort vorschwärmte und von der barocken Klosterkirche, die gerade renoviert wurde.

Regina hörte nur mit einem halben Ohr zu und musterte nervös den immer dunkler werdenden Wald zu ihrer Rechten und Linken.

»Regina…«

Sie zuckte zusammen.

Das war nur das Flüstern des Windes in den Bäumen, sagte sie sich, hob den Kopf und betrachtete den dunklen, immer noch schwach rot gefärbten Himmel.

Es regte sich jedoch kein Lüftchen.

Da hörte sie wieder etwas. Es kam von links – leise zuerst, dann immer lauter. Fast klang es wie dumpfe Hufschläge.

Reginas Rücken verkrampfte sich. Hinter den Sträuchern am Waldrand, nur wenige Schritte entfernt, hatte sich etwas bewegt …

Tobias hatte es wohl nicht bemerkt, denn er redete einfach weiter.

Trotzdem: Da war etwas. Ein großes, helles Tier vielleicht?

Im Schutz der belaubten Äste bewegte es sich auf gleicher Höhe mit ihnen durch den Wald.

»Vorsicht, Regina …«

Sie blieb stehen. Zwar war die Stimme nicht viel mehr als ein Lufthauch gewesen, aber sie war sich sicher: Jemand versuchte, sie zu warnen.

»Hörst du mir überhaupt zu?«, fragte Tobias irritiert. »Überhaupt, warum bist du … He!«

Der Stoß kam so plötzlich, dass Regina hart zu Boden fiel. Dann erst begriff sie, dass Tobias sich über sie geworfen hatte. Eine grau gekleidete, mit einem Schal vermummte Gestalt stand über ihnen. Sie hielt eine Art Keule in der Hand und ließ diese nun mit Wucht auf Tobias herab sausen – einmal, zweimal, dreimal, bevor sie wieder blitzschnell im Wald verschwand.

Reginas Herz schlug wie rasend. Sie zitterte am ganzen Körper und brauchte ein paar gehetzte Atemzüge, bis sie wieder einen klaren Gedanken fassen konnte.

»Tobias?«

Erdrückend schwer lag er auf ihr. Und er antwortete nicht.

Mühsam wand sie sich unter ihm hervor und beugte sich über ihn.

Seine Augen waren geschlossen. Ein dünnes Rinnsal Blut lief aus einer Wunde in seinen Haaren.

»Tobias!« Diesmal rief sie ihn laut und tätschelte ihm heftig die Wange.

Tatsächlich bewegte er seine linke Hand. Dann sah er sie aus großen, erstaunten Augen an.

»Gott sei Dank!« Regina war so erleichtert, dass ihr die Tränen kamen. Sie kramte in ihrer Anoraktasche nach einem Taschentuch und drückte es behutsam auf seine Kopfwunde. Dann wischte sie sich mit der linken Hand über die Augen und sah sich um.

Sie konnte den unheimlichen Angreifer nicht mehr sehen. Allerdings war es inzwischen auch schon fast ganz dunkel.

Vorsichtig schob Tobias ihre Hand mit dem Taschentuch zur Seite. Mit zusammengebissenen Zähnen setzte er sich auf.

»Vorsicht«, flüsterte sie. »Dir muss doch alles wehtun.«

»Eigentlich nur mein Kopf«, schnaufte er. »Und meine linke Schulter und die Hüfte. Oh Mann, jetzt wird mir auch noch schlecht.«

Schwer lehnte er sich an ihre Schulter.

»Danke, dass du mich beschützt hast«, flüsterte Regina ihm zu und schluckte die Tränen hinunter, die wieder mit Macht in ihr aufstiegen. »Sonst hätte es mich bestimmt genauso übel erwischt wie dich. Wahrscheinlich hast du eine Gehirnerschütterung.«

Dann zog sie ihr Smartphone aus der Tasche.

»Willst du etwa den Rettungsdienst rufen?«, rief Tobias alarmiert.

»Natürlich, was denn sonst?«, erwiderte sie.

»Bloß nicht! Von Krankenhäusern hab ich die Schnauze gestrichen voll. Das solltest du doch am besten wissen«, sagte er so verärgert, dass Regina ihr Handy wieder sinken ließ.

Tobias war nur ein paar Sekunden lang bewusstlos gewesen und konnte offenbar noch klar denken. Das deutete darauf hin, dass er nur eine leichte Gehirnerschütterung hatte. Trotz der heftigen Schläge schienen seine Knochen alle heil zu sein. Und nach dem, was er im Jahr zuvor durchgemacht hatte, konnte sie seine Aversion gegen Krankenhäuser nur allzu gut verstehen.

»Meinetwegen können wir erst mal abwarten«, sagte sie und schaute sich noch einmal um. Doch der Übeltäter schien tatsächlich nicht mehr in ihrer Nähe zu sein.

Dennoch hatte sie so große Angst, dass sie am liebsten sofort zum Zeltlager zurückgerannt wäre. Aber sie konnte Tobias ja nicht alleine lassen.

»Ich rufe jetzt die Maxi an«, sagte sie entschlossen und tippte deren Nummer ein.

Der Druck von Tobias' Körper an ihrer Schulter wurde leichter, als er sich aufrecht hinsetzte.

Ganz schlecht schien es ihm wirklich nicht zu gehen, dachte sie erleichtert.

Da meldete sich Maxi auch schon.

»Hallo Maxi«, rief Regina ins Telefon. »Tobias und ich brauchen eure Hilfe. Wir sind überfallen worden, und ein vermummter Kerl hat Tobias niedergeschlagen. Jetzt ...«

»Machst du Witze?«, fragte Maxi total baff.

»Absolut nicht«, beteuerte Regina. »Tobias hat eine Gehirnerschütterung und mit Sicherheit ein paar schwere Prellungen. Und ich weiß nicht, ob wir es allein bis zum Zeltlager schaffen. Kannst du einen oder zwei deiner Studenten zu uns schicken? Wir sind auf der östlichen See-straße kurz vor dem Chorherrenstift.«

»Große Güte!«, stieß Maxi hervor. »Bleibt, wo ihr seid, ich komme lieber selbst. Bis gleich!«

Während Regina ihr Smartphone wieder in die Tasche schob, versuchte Tobias aufzustehen.

»Willst du nicht lieber noch sitzen bleiben, bis Maxi bei uns ist?«, sagte sie.

»So schlecht geht's mir gar nicht«, behauptete Tobias. »Außerdem hab' ich keine Lust, wie ein Schwerverletzter auf dem Boden rumzuhocken. Und mir ist kalt.«

Leise ächzend kniete er sich hin.

Mit einem Seufzer stand Regina auf, packte seine rechte Hand und zog ihn hoch. Doch er schwankte so sehr, dass sie ihre Schulter unter seine Achsel schob, um ihn zu stützen.

Er hatte Prügel kassiert, die auch ihr gegolten hatten, dachte sie mit schlechtem Gewissen.

»Ist dir wieder schlecht?«, fragte sie ihn.

»Nein«, brummte er. »Mir ist nur schwindelig.«

Sie war sich ziemlich sicher, dass er maßlos untertrieb. Aber er tat vorsichtig einen Schritt und dann noch einen. »Na also. Geht doch.«

Da kam Maxi auch schon auf sie zugelaufen.

»Wenigstens stehst du wieder«, schnaufte sie, völlig außer Atem.

Tobias humpelte einen Schritt auf sie zu. »Sag mal, kannst du fliegen? So schnell, wie du hierhergekommen bist …«

»Von wegen fliegen«, widersprach Maxi. »Als euer Anruf kam, saß ich auf halbem Weg auf einer Bank.«

»Hast du zufällig einen grau gekleideten Typen gesehen?«, fragte Regina.

Maxi überlegte kurz, dann antwortete sie: »Nein, außer mir war überhaupt niemand unterwegs.«

Sie kam näher und musterte Tobias mit besorgter Miene. »Wo hat der Kerl dich denn erwischt?«

»An der Hüfte und an der linken Schulter«, seufzte er.

»Am Kopf auch«, fügte Regina hinzu.

»Du lieber Himmel!« Entsetzt schüttelte Maxi den Kopf. »Am besten legst du mir jetzt mal deinen Arm um die Taille, Tobias. Du kannst dich auch auf meinen Unterarm stützen. Mach' es so, wie es dir am wenigsten weh tut, okay?«

Langsam gingen sie mit Tobias in ihrer Mitte los. Zu Reginas Erleichterung wurden dessen Schritte allmählich fester und sogar etwas schneller. Trotzdem war sie heilfroh, als sie den Zeltplatz erreichten. Zum Glück war es inzwischen so dunkel, dass niemand sonst sie bemerkte.

»Danke«, sagte Tobias, als sie in ihrem Zelt ankamen und ließ sich vorsichtig auf sein Feldbett sinken.

Maxi musterte ihn besorgt. »Ich hole jetzt erst mal etwas zum Einreiben für deine Prellungen. Danach schläfst du dich so richtig aus. Bei deiner Gehirnerschütterung ist das wahrscheinlich das Beste, was du tun kannst.«

»Währenddessen verständige ich die Polizei«, fügte Regina hinzu.

»Die …« Verdutzt sah Maxi sie an. »Ja klar! Vor lauter Aufregung hab ich daran noch gar nicht gedacht.«

»Verständlich«, sagte Regina und wählte den Notruf.

*

Es wurde spät in dieser Nacht. Die Polizei sah sich den Tatort gründlich an und ließ sich den Überfall genau beschreiben. Danach standen sie noch eine Zeit lang mit den beiden Beamten zusammen und diskutierten darüber, welchen Grund jemand für diese Attacke gehabt haben könnte.

»Vielleicht war das ja einfach nur ein Verrückter, der aus einer psychiatrischen Klinik ausgebüxt ist. Irgendein krankhaft aggressiver Kerl«, vermutete Maxi.

»Dann hätte er sich auf den Erstbesten gestürzt, der ihm über den Weg gelaufen wäre. Und das waren Frau Dernkamp und Herr Hofrichter«, sagte Polizeikommissar Holzinger, der die Ermittlung leitete.

»Jedenfalls ist es gut, dass Ihr Zelt nicht alleine steht«, fügte sein Kollege hinzu. »Wenn es doch jemand gezielt auf Sie abgesehen haben sollte, wird sich derjenige vermutlich nicht trauen, Sie hier zu überfallen.«

Als Regina zu ihrem Zelt zurückkehrte, war sie immer noch voller Angst. Ihr Herz war schwer vor Sorge um den verletzten Tobias, und sie selbst war todmüde.

Mit einem Seufzer schob sie die Zeltplane zur Seite und schaltete ihre Taschenlampe ein.

Tobias lag auf seiner rechten Seite und schlief. Erleichtert stellte sie fest, dass er ruhig und gleichmäßig atmete. Aber am Kopf hatte er eine dicke Beule, und sogar durch den Stoff seines Schlafanzuges konnte sie sehen, dass seine linke Schulter angeschwollen war.

Seine Hüfte sah vermutlich nicht besser aus, dachte sie bedrückt.

Leise zog sie sich um und kuschelte sich vorsichtig an seine Seite.

Wieder einmal hatte er sie gerettet, genauso wie damals auf der Fraueninsel. Aber nicht nur deswegen hatte sie sich in ihn verliebt, sondern auch, weil sie das Gefühl gehabt hatte, dass er ein durch und durch netter Kerl war.

Wenn er am Mittag nur nicht dermaßen arrogant und verständnislos auf ihren Traum reagiert hätte, dachte sie mit einem Anflug von Traurigkeit und Resignation und drehte sich auf die andere Seite. Dabei hätte sie ihm so gerne noch mehr erzählt, aber das traute sie sich nun nicht mehr. Zum ersten Mal, seit sie mit Tobias zusammen war, fühlte sie sich einsam. Und das, obwohl er dicht neben ihr lag.

Sie musste an den unheimlichen Reiter denken.

Nun hatte sie nicht mehr den geringsten Zweifel daran, dass er existierte. Schließlich hatte sie ihn an diesem Tag schon zum zweiten Mal gesehen, und er hatte zweifellos versucht, sie vor dem Überfall zu warnen. Was sollte sie bloß machen?

Am besten wartete sie einfach ab, was noch geschehen würde. Das würde ihr bestimmt nicht leicht fallen, doch vielleicht passierte ja auch gar nichts mehr. Gut möglich, dass der Reiter auf dem Pferd an diesem Abend aus Fleisch und Blut gewesen war. Aber sie hatte sich in ihrer maßlosen Angst automatisch an den schemenhaften Reiter erinnert, der ihr am ersten Abend an der Kapelle erschienen war. Den allerdings konnte sie sich tatsächlich nur eingebildet haben.

Regina atmete tief durch.

Ja, so könnte es wirklich gewesen sein. Warum war sie erst jetzt darauf gekommen, fragte sie sich erleichtert und kuschelte sich noch tiefer in ihren Schlafsack.

Doch dann erinnerte sie sich wieder daran, wie geisterhaft schnell und sicher das Pferd über den tiefen, sumpfigen Waldboden galoppiert oder vielmehr geschwebt war. Auch die merkwürdige, leise Stimme, die sie gewarnt hatte, war mit Sicherheit nicht real gewesen. Tobias hatte sie doch gar nicht gehört. Und wenn der Reiter ein normaler Mensch gewesen wäre, hätte er von dem Überfall gar nichts wissen können.

Nein. Dieser Reiter und sein Pferd waren keine realen Wesen. Doch sie wollten irgendetwas von ihr. Da war sie sich ganz sicher. Aber was?

Noch lange starrte sie ratlos in die Dunkelheit, bis ihr die Augen zufielen.

DIE BOTSCHAFT DES KÖNIGS

Überall herrschte Chaos: Pferde wieherten, Menschen schrien durcheinander, Handwerker ließen ihre Werkzeuge fallen und rannten auf einen Soldaten zu, der regungslos am Boden lag.

Regina begriff sofort, dass sie sich wieder vor dem Neuen Schloss in jener anderen Zeit befand. Wenige Sekunden zuvor war das schlimme Unglück passiert, bei dem ein Leibwächter König Ludwig gerettet hatte und dabei selbst unter einen schweren Pferdewagen geraten war.

An der Unfallstelle drängelten sich schon viele Menschen. Weil Regina wusste, dass niemand sie sehen konnte, schob sie sich ohne Bedenken durch die Menge, bis sie den verletzten Soldaten erreicht hatte.

Zwei seiner Kameraden beugten sich über ihn.

»Gero!«, rief der eine und tätschelte vorsichtig die Wange des Verunglückten. »Na los, mach schon die Augen auf!«

Da sah Regina, dass der Verunglückte Freiherr von Adlerfels war.

Wenigstens bewegte er nun ein bisschen den Kopf. Dann sah er seinen Kameraden an.

»Gott sei Dank! Du ... du musst jetzt ganz still liegen bleiben«, beschwor dieser ihn mit brüchiger Stimme.

»Könnt Ihr Eure Beine spüren?«, hörte Regina jemand hinter sich sagen.

Sie schaute sich um und sah einen weißbärtigen Mann, der sich durch die immer weiter anwachsende Menschenmenge drängelte.

»Und wie!«, keuchte der Freiherr zwischen zusammengebissenen Zähnen.

»Das ist gut, sehr gut sogar«, stellte der ältere Herr mit bewundernswert ruhiger Stimme fest. Er warf einen prüfenden Blick auf das Pferdefuhrwerk, das am anderen Ende des Platzes angehalten hatte und atmete hörbar auf. »Wahrscheinlich habt Ihr großes Glück gehabt.«

»Was redet Ihr da, Doktor von Löwenfeld? Der Mann ist schwer verletzt«, grollte jemand an Reginas linker Seite.

Es war König Ludwig II.

Mit zweien seiner Leibwächter hatte er sich ebenfalls einen Weg durch die vielen Leute gebahnt. Ein wenig Blut lief ihm über das Gesicht, und seine Hände waren aufgeschürft. Aber im Großen und Ganzen schien es ihm gut zu gehen.

Hinter ihm tauchte das junge Mädchen auf, mit dem der verletzte Gero von Adlerfels eben noch gesprochen hatte. Ihre Augen waren dunkel vor Entsetzen.

»Da habt Ihr recht«, meinte der Arzt. »Aber der Wagen hat wohl nur seine Unterschenkel erwischt. Ich gehe davon aus, dass sie gebrochen sind. Aber sie werden heilen. Wenn der Wagen dagegen über seinen Oberkörper gefahren wäre, dann …« Kopfschüttelnd kniete er sich hin und sah seinen Patienten prüfend an.

Der musste höllische Schmerzen haben, denn sein Atem ging stoßweise, und er presste seine Zähne so fest aufeinander, dass sie leise knirschten.

Während der Doktor ihn vorsichtig von oben bis unten abtastete, kämpften sich zwei Männer mit einer Bahre zu ihnen durch. Einer hatte eine große, lederne Tasche mitgebracht, die er dem Arzt nun reichte.

»Eure Schienbeine sind tatsächlich gebrochen«, stellte der Doktor fest. »Wenigstens haben die Frakturen sich nicht verschoben. Daher bin ich mir sicher, dass sie wieder gerade zusammenwachsen werden. Ansonsten kann ich keine weiteren ernsthaften Verletzungen feststellen. Freut Euch, mein Junge, Ihr könnt wieder völlig gesund werden.«

»Wenn ich diese elenden Schmerzen los bin, werde ich gerne mit Euch anstoßen«, schnaufte Gero von Adlerfels.

Verständnisvoll klopfte ihm der Arzt auf die Schulter. Dann zog er zu Reginas Erstaunen ein Messer aus seinem Arztkoffer hervor. Ehe sie es sich versah, hatte er mit einigen gezielten Schnitten Geros Hosenbeine bis zu den Oberschenkeln aufgetrennt.

»Eure Unterschenkel schwellen gerade mächtig an«, erklärte er und griff wieder in seine Tasche. »So, nun werde ich Euch Mohnsaft geben.«

Er zog ein Fläschchen heraus, füllte etwas davon in einen kleinen Metallbecher und flößte es seinem Patienten ein. Dann legte er ihm beide Hände auf die Schultern und sah ihm fest in die Augen. »Sobald das Schmerzmittel wirkt, werden wir Euch in eine der Holzhütten bringen. Dort kann ich Euch in Ruhe weiterbehandeln. Wenn meine Gehilfen Euch auf die Trage heben, müsst Ihr trotz des Opiums aber noch einmal … hmm … sehr tapfer sein.«

Gero von Adlerfels nickte nur.

Der Arzt stand auf und sprach mit einem Soldaten, der sofort im Laufschritt in Richtung des Chorherrenstiftes aufbrach. Den anderen Leibwächtern befahl er, die Leute ringsum wegzuschicken. Dann winkte er das junge Mädchen zu sich.

»Wie heißt du?«, fragte er.

Verschüchtert sah sie zu ihm auf. »Ludovica, Herr.«

Er nahm sie beiseite und sagte leise: »Ich könnte jetzt deine Hilfe brauchen, Ludovica. Würdest du bei dem Freiherrn von Adlerfels bleiben, während wir ihn auf die Trage legen und in die Hütte transportieren?«

Erstaunt schaute sie ihn an.

»Diese Prozedur wird sehr schmerzhaft für ihn sein«, erklärte er. »Unter normalen Umständen würde er dabei trotz des Opiums den ganzen Platz zusammenbrüllen.«

Entsetzt sah Ludovica zu dem immer noch auf der Erde liegenden Gero hinüber.

»Wie ich den Jungen einschätze, wird ihm das hinterher entsetzlich peinlich sein«, fuhr Doktor von Löwenfeld fort.

»Das müsste es doch gar nicht«, widersprach sie ihm.

»Natürlich nicht. *Er* wird das allerdings nicht so sehen. Erst recht, weil seine Kameraden alles mitbekommen. Und zu allem Unglück ist auch noch der König anwesend.«

Er seufzte. »Aber wie ich die jungen Männer kenne, wird er sich ganz fürchterlich zusammenreißen, wenn ein hübsches Mädchen wie du bei ihm ist.«

Ludovica war ein bisschen rot geworden, aber Doktor von Löwenfeld übersah das geflissentlich. »Es wird für dich bestimmt nicht leicht sein, diese Prozedur mit anzusehen. Aber du wirst ihm sehr helfen, indem du einfach nur in seiner Nähe bleibst. Glaube mir!«

Ludovica warf Gero noch einmal einen langen Blick zu. Dann nickte sie.

Der Arzt lächelte. »Du bist ein mutiges Mädchen, Ludovica. Ich werde jetzt die Beine unseres Patienten schienen. Danach können wir ihn von hier wegbringen.« Und er machte sich ans Werk.

Bald darauf nickte er seinen Gehilfen zu.

Vorsichtig begannen die Männer mit ihrer Arbeit.

Regina konnte nicht hinsehen. Aber sie hörte Geros Stöhnen, und sie zuckte zusammen, als er einen saftigen Fluch ausstieß.

»Eure Disziplin ist bewundernswert. Bald ist es vorbei.«

Das war ja die Stimme Ludwigs II.!

Ruhig und leise sprach er weiter mit seinem verletzten Leibwächter.

Der König war eindeutig tapferer als sie, stellte Regina fest.

Wenig später erklärte Ludwig etwas lauter: »Seht Ihr: Nun habt Ihr es geschafft.«

Regina drehte sich um.

Freiherrn von Adlerfels stand der Schweiß auf der Stirn, und er war so weiß wie das Kissen, das jemand unter seinen Kopf geschoben hatte. Aber er lag sicher auf der Trage.

»Das habt Ihr gut gemacht, wirklich. Meinen Respekt!«, sagte der König zu ihm.

Ein schwaches Lächeln zog sich über Geros Gesicht.

Behutsam hoben ihn die Träger hoch und gingen los, begleitet von Ludovica und Doktor von Löwenfeld.

Der König dagegen ließ sich auf einen Granitblock sinken, der in der Nähe lag. Er wischte sich über das Gesicht und murmelte: »Nun habe ich einen kleinen Eindruck von dem Leid bekommen, das ich meinen Soldaten in diesen beiden verdammten Kriegen antun musste. Dass die Preußen mich dazu gezwungen haben …«

Zornig schüttelte er den Kopf. »Wenn jemand den Krieg so liebt wie sie, wird es ein schlimmes Ende nehmen. Und weil wir die Verbündeten der Preußen sind, werden sie uns Bayern mit ins Verderben reißen.«

Er hatte völlig recht, dachte Regina. Immerhin hatte der der deutsche Kaiser Wilhelm II. sein Land nur gut 30 Jahre später in den ersten Weltkrieg geführt.

Widerwillig schaute der König auf, als einer der Leibgardisten sich ihm langsam näherte.

»Unser Herr Oberst Arnulf von Bayern lässt fragen, ob Ihr ihm ein Gespräch gewähren wollt«, sagte der Soldat.

»Lasst ihn nur vor«, brummte Ludwig.

Ein junger Mann mit Schnurrbart und Geheimratsecken trat zu ihm, und er rückte auf seinem Granitblock ein Stück zur Seite. »Setzt Euch zu mir, lieber Vetter! Und sagt mir: Wie steht es um den jungen Herrn Leutnant?«

»Danke«, meinte der Oberst und ließ sich neben ihm nieder. »Nun, er ist so wohlbehalten, wie man es in seinem Zustand eben sein kann. Die Schmerzen nehmen ihn allerdings sehr mit. Und Doktor von Löwenfeld würde den Freiherrn in ernste Gefahr bringen, wenn er ihm noch mehr Opium gäbe.«

Regina mochte sich gar nicht vorstellen, was der arme Gero gerade durchmachte.

Hilflos zuckte Arnulf von Bayern die Achseln. »Euer Leibarzt bereitet gerade alles vor, um ihm die Gipsverbände anzulegen. Wenn diese Prozedur vorbei ist, wird der Freiherr hoffentlich ein wenig Ruhe bekommen.«

»Der arme Junge hat sein Leben riskiert, um meines zu retten«, sagte der König zerknirscht. »Und ich habe mich nicht einmal bei ihm bedankt.«

»Das war nur Eurem Schrecken geschuldet. Er weiß das mit Sicherheit auch«, beruhigte ihn sein Vetter. »Außerdem habt Ihr genug Zeit, ihm zu danken, wenn Doktor von Löwenfeld mit seiner Behandlung fertig ist.«

»Wenigstens das«, seufzte Ludwig.

»Ich würde Euch noch gerne eine Frage stellen«, fuhr der Oberst fort.

»Nur zu«, sagte der König.

Arnulf von Bayern nickte. »Doktor von Löwenfeld ist der Ansicht, dass der Herr Gero mindestens zwei Monate lang auf der Herreninsel bleiben muss. Vorher, so meinte er, würde jeglicher längere Transport dem Heilungsprozess nur schaden. Darum muss ich hier ein geeignetes Zimmer für ihn finden. In unserem Mannschaftsquartier kann ich ihn unmöglich lassen. Dort hat er ohnehin in einem der oberen Etagenbetten geschlafen.«

Ludwig überlegte kurz. »Lasst einen meiner Wohnräume im Chorherrenstift für ihn vorbereiten. In den nächsten Wochen wird sich einer meiner Diener um ihn kümmern.«

Der Mann schien ganz in Ordnung zu sein, fand Regina. Doch dann musste sie wieder an das völlig überdimensionierte Neue Schloss auf dem Bauplan denken und an das Schlafzimmer, in dem sich der König auf eine so merkwürdige Weise von seinen Zeitgenossen abgeschottet hatte. All das passte nie und nimmer zu diesem um seine Mitmenschen besorgten Mann, der da vor ihr auf dem Steinblock hockte.

»Seid Ihr Euch da wirklich sicher?«, fragte der Oberst. »Es wird Eure Bequemlichkeit erheblich einschränken.«

Der König lachte bitter. »Natürlich bin ich mir sicher. Ohne Herrn von Adlerfels läge ich jetzt höchst *unbequem* in einem Sarg.«

»Da habt Ihr auch wieder recht«, gab sein Vetter zu und stand auf. »Ich werde alles Nötige in die Wege leiten.«

Dann schüttelte er betrübt den Kopf. »Der junge Leutnant ist ein vorzüglicher Fechter und mein bester Reiter. Es wird ihm entsetzlich schwerfallen, die nächsten Wochen im Bett und im Rollstuhl verbringen zu müssen.«

Nachdenklich rieb sich der König den Bart. »Seid so gut und schickt einen meiner Leibwächter in den Behandlungsraum. Er soll dem Fräulein Ludovica ausrichten, dass ich sie zu sprechen wünsche«, befahl er.

Oh, dachte Regina. Wollte er etwa für die beiden die Rolle des Amors spielen? Das sollte er nun wirklich nicht tun, dachte Regina empört. Sie durften ja aufgrund der Standesunterschiede ihrer Zeit mit Sicherheit nicht heiraten. Darum würde er sie nur unglücklich machen.

Der Oberst dagegen lächelte in sich hinein. »Aber gerne. Also: Gehabt Euch wohl. Und bitte nehmt Euch Zeit, Euch von Eurem Schrecken zu erholen.«

Mit schnellen Schritten kehrte er zu seinen Soldaten zurück, die in der Nähe Wache hielten. Kurz darauf machte sich einer von ihnen auf den Weg zu den Bauhütten.

Als er wenig später mit Ludovica zurückkam, war der König aufgestanden.

Das Mädchen warf ihm einen ängstlichen Blick zu, blieb in ein paar Schritten Entfernung stehen und machte einen tiefen Knicks.

»Du darfst ruhig näher kommen«, meinte Ludwig und wartete ab, bis sie seiner Aufforderung gefolgt war. »Wie geht es dem Freiherrn?«

»Nicht gut«, sagte sie traurig. »Wenigstens ist Doktor von Löwenfeld zuversichtlich, dass er wieder ganz gesund werden wird.«

»Bis dahin braucht er allerdings viel Geduld«, murmelte der König.

Ludovica nickte. »Ich möchte jetzt nicht mit ihm tauschen.«

»Mhm«, brummte Ludwig. »Aber sage mir doch, wie heißen deine Eltern?«

»Meine Mutter war eine geborene Leuchtinger, Maximiliane mit Vornamen. Und mein Vater war Toni Essler, Hufschmied in Prien.«

»Hab ich's mir doch gedacht«, flüsterte Ludwig und fügte etwas lauter hinzu: »Du siehst deiner Mutter sehr ähnlich. Als junger Mann habe ich sie gekannt.«

»Oh ja, davon hat sie uns oft erzählt. Sie hat mich sogar nach Euch benannt. Damals war sie nämlich schon mit mir schwanger«, sprudelte es aus Ludovica heraus.

Der König nickte versonnen. »Sie war eine sehr schöne Frau. So jemanden vergisst man nicht so schnell. Aber … hmm … habe ich dich richtig verstanden, dass sie nicht mehr unter den Lebenden weilt?«

Ludovica senkte den Kopf. »So ist es, Eure Majestät. Vor vier Jahren ist sie an einer Blutvergiftung gestorben. Meinen Vater mussten wir noch vor ihr begraben. Nun lebe ich bei meinem Onkel, der auch die Schmiede übernommen hat.«

»Also hast du keinen Bruder«, hakte der König nach.

»Nein, Eure Majestät. Nur zwei ältere Schwestern, die schon verheiratet sind«, antwortete sie.

»Und du arbeitest hier auf der Baustelle«, fuhr er fort.

»So ist es«, sagte Ludovica. »Ich helfe in der Küche.«

»Nun, ich habe eine andere Aufgabe für dich«, sagte er. »Herr von Adlerfels muss die nächsten zwei Monate hier auf der Insel bleiben. Einer meiner Diener wird seine Pflege übernehmen, aber er braucht jemanden, der ihn unterstützt. Würdest du das tun?«

Ludovica machte große Augen. »Ich, Herr? Aber ja, natürlich! Sehr gerne sogar.« Dann bekam sie einen roten Kopf und schaute zu Boden.

Der König lächelte. »Ach, Mädchen, er mag dich doch auch. Da bin ich mir sicher.«

*

Regina lauschte ganz verschlafen. Hatte sie ein Geräusch gehört? Überhaupt: Wo war sie eigentlich? Langsam öffnete sie die Augen.

Es war schon heller Tag, und sie lag in ihrem Schlafsack.

Hoffentlich ging es Tobias einigermaßen gut, dachte sie und begann nach ihm zu tasten. Aber das Feldbett neben dem ihren war leer. Stattdessen hörte sie Stimmen, und die kamen eindeutig von draußen.

Alarmiert richtete sie sich auf. Hoffentlich waren das keine Sanitäter, die Tobias ins Krankenhaus bringen wollten.

Sie stand auf und warf einen Blick ins Freie.

»Gott sei Dank!«, murmelte sie erleichtert, als sie Tobias vor dem Zelt auf einem Klappstuhl sitzen sah.

Er trug Jeans und seinen Anorak und hatte sich das Blut aus den Haaren gewaschen. Aber die Beule an seinem Kopf war über Nacht noch dicker geworden. Und er hielt seinen linken Arm merkwürdig steif, ganz so, als hätte er Schmerzen.

Neben ihm saßen Maxi und Kommissar Holzinger, der gerade ein paar Notizen in seinen Laptop tippte.

Aber da war noch jemand.

Regina erkannte erst auf den zweiten Blick, dass es sich bei dem unrasierten Mann in Jeans und Sweatshirt um Dr. Friedberg handelte.

Erstaunt schüttelte sie den Kopf. Er machte einen deutlich jüngeren und sportlicheren Eindruck als der distinguierte Herr im schicken Tweed-Anzug, der sie tags zuvor durch das Neue Schloss geführt hatte.

Sie schlich zu ihrem Koffer, zog sich um und trat vor das Zelt.

Tobias lächelte breit. »Da bist du ja. Guten Morgen!«

»Hallo!« Sie ließ sich neben ihm auf den letzten freien Stuhl sinken. »Ihr hättet mich ruhig wecken können.«

»Das wollten wir ja auch«, meinte Maxi. »Aber einige Fragen konnten wir auch ohne dich klären. Und du warst gestern Abend so fertig, dass wir dich erst mal in Ruhe gelassen haben.«

Friedberg nickte und schenkte ihr ein so herzliches Lächeln, dass ihr ganz warm ums Herz wurde.

»Das ist aber nett, danke«, sagte Regina und wandte sich Tobias zu. »Wie geht's dir?«

»Ganz gut«, behauptete er. »Ich habe keine Kopfschmerzen mehr. Schulter und Hüfte fühlen sich erträglich an. Darum werde ich gleich wie geplant nach Rosenheim ins Stadtarchiv fahren.«

Überrascht sah Regina ihn an. Sie war sich nicht sicher, ob er die ganze Wahrheit gesagt hatte. Aber vor seinen Kollegen und dem Kommissar wollte sie ihm nicht widersprechen. Darum strich sie ihm nur zärtlich über den Arm.

»Glaubst du wirklich, dass du schon wieder arbeiten kannst?«, fragte Maxi. »Du hattest doch eindeutig eine Gehirnerschütterung.«

»Nur eine ganz leichte«, beteuerte Tobias. »Es ist mir schon erheblich schlechter gegangen. Glaube mir!«

Das würde sie sogar unterschreiben, dachte Regina. Trotzdem …

»Schaffst du es mit deiner geprellten Hüfte denn bis zum Stadtarchiv?«, hakte Maxi nach. »Überhaupt: Was hindert dich daran, deine Recherche um ein oder zwei Tage zu verschieben?«

Tobias seufzte. »Mein Zeitplan. Ich habe definitiv nur diese eine Woche, um nach dem Geheimgang zu suchen. Danach steht die Vorbereitung einer Ausstellung an und ab dem Frühjahr eine große Ausgrabung in Seebruck.«

Kommissar Holzinger zog die Augenbrauen hoch. »Wenn es um Ihre Arbeit geht, sind Sie wohl durch gar nichts zu bremsen.«

»Das stimmt«, sagte Regina.

»Und ob!«, bekräftigte Maxi. »Das war schon während seiner Doktorarbeit so.«

Entgeistert sah Tobias die beiden an. »Warum sollte ich mich denn bremsen lassen? Mir geht's doch prima. Außerdem fährt ein Bus vom Rosenheimer Bahnhof zum Stadtarchiv. Das hab ich schon gegoogelt.«

Sollte sie ihn nicht besser begleiten?, fragte sich Regina. Aber wie sie ihn kannte, würde er das rundheraus ablehnen. Er war viel zu stolz, um Hilfe anzunehmen, die er nicht ganz dringend brauchte.

Da schaltete sich Holzinger ein. »Sie brauchen keinen Bus. Ich habe nämlich gleich einen Termin bei den Kollegen in Rosenheim. Da kann ich Sie doch mitnehmen.«

»Und der Archivar Dr. Waldner ist ein guter Freund von mir«, fügte Friedberg hinzu. »Bestimmt bringt er Sie heute Nachmittag wieder zum Bahnhof. Ich werde ihn gleich anrufen.«

»Das ist super nett von Ihnen, danke!«, sagte Tobias erfreut.

*

Regina duschte sich eilig und nahm sich etwas vom Frühstücksbuffet mit. Danach verbrachte sie noch mehr als eine Stunde bei der Besprechung mit dem Kommissar. Währenddessen untersuchten zwei Polizisten mit Spürhunden noch einmal den Tatort. Sie entdeckten jedoch nichts, was man sofort verwerten konnte, und die Untersuchungen im kriminaltechnischen Labor würden einige Tage in Anspruch nehmen.

»Der Täter muss sehr geschickt und vorsichtig gewesen sein«, meinte einer der Polizeibeamten, als sie sich verabschiedeten.

»Passen Sie bitte gut auf sich auf! Sagen Sie das auch den Leuten aus Ihrem Team«, fügte Kommissar Holzinger an Maxi gewandt hinzu. »Am besten bewegen sich Ihre Leute ab jetzt nur noch gruppenweise auf der Insel.«

Maxi nickte bedrückt. »Natürlich werde ich mit meinen Studenten reden. Ich habe ohnehin das ungute

Gefühl, dass der Mann, der hier sein Unwesen treibt, wirklich verrückt ist.«

»Dann ist er wahrscheinlich völlig unberechenbar«, seufzte der Kommissar.

Regina lief ein Schauer über den Rücken. Am liebsten hätte sie auf der Insel im wahrsten Sinne des Wortes sofort die Zelte abgebrochen und die restliche Zeit auf dem Festland verbracht. Aber wären sie dort wirklich sicherer gewesen? Der unbekannte Täter konnte ja auch in Prien oder Seebruck oder anderswo zuschlagen.

»Nun machen Sie mal nicht die Pferde scheu«, mahnte Holzinger. »Es ist gar nicht gesagt, dass der Kerl noch einmal aktiv wird.«

»Wollen wir's hoffen!«, seufzte Maxi.

Auch Regina war kein bisschen erleichtert. Aber im Gegensatz zu Maxi glaubte sie nicht so recht daran, dass der Täter verrückt war. Je mehr sie über den merkwürdigen Überfall nachdachte, umso klarer erinnerte sie sich daran, wie zielgerichtet und entschlossen dieser Mann sich auf sie gestürzt hatte. Das konnte in ihren Augen nur eines bedeuten: Er hatte ganz konkret Tobias und sie im Visier gehabt. Darum befürchtete sie, er würde es noch einmal versuchen. Egal, wo sie sich aufhielten.

Sollte sie das nicht besser den Polizisten sagen?

Nein. Sie hatte noch Tobias' hämische Reaktion im Ohr und befürchtete, dass man ihr ohnehin nicht glauben würde. Außerdem hatte sie selbst nicht die geringste Ahnung, warum jemand so etwas tun sollte. Und sie hatte keine Lust, vor Tobias, Friedberg und den Beamten als hysterisches Weiblein dazustehen, das sämtliche Leute in seiner Umgebung verrückt machte.

Bedrückt und voller Sorgen stand sie mit Maxi und Friedberg am Steg und winkte dem Schiff nach, das Tobias und die Polizisten nach Prien brachte.

»Dafür, dass Sie hier Urlaub machen, haben Sie aber ziemlich viel Stress«, holte Friedbergs Stimme sie aus ihren Gedanken.

»Das können Sie laut sagen«, antwortete sie.

»Mhm«, brummte er. »Haben Sie heute Nachmittag wenigstens etwas Schönes vor?«

Regina seufzte. »Bisher habe ich noch nicht einmal darüber nachgedacht.«

Ein Lächeln funkelte in seinen grauen Augen. »Eigentlich habe ich heute einen freien Tag, und gleich bin ich hier auf der Insel mit meinem Freund Sepp verabredet. Er betreibt das Kutsch-Unternehmen, das im Frühjahr und Sommer die Touristen zum Neuen Schloss fährt. Seine Pferde hält er auf dem Gutshof am Chorherrenstift. Gerade bildet er dort zwei junge Kaltblüter aus, und ich werde ihn auf eine Fahrt um die Insel begleiten. Haben Sie nicht Lust, mitzukommen?«

»Gerne«, sagte Regina. »Ich mag Pferde! Als Teenager habe ich mehrere Jahre lang Reitunterricht gehabt. Aber hat Ihr Freund denn nichts dagegen?«

»Das kann ich mir absolut nicht vorstellen«, versicherte er. »Also, wie steht's?«

»Na klar!«

Sie gingen los.

»Wie hat's Ihnen denn gestern im Neuen Schloss gefallen?«, fragte er, als sie nebeneinander den Hügel hinauf spazierten.

Regina überlegte einen Moment. »Mich hat die Besichtigung eher nachdenklich gemacht. Seitdem frage ich mich, was für ein Mensch dieser König Ludwig wohl gewesen ist.«

Auch Friedberg dachte kurz nach. »Er war ein prima Kerl, würde ich sagen«, meinte er dann.

Zwischen Reginas Schulterblättern begann es zu kribbeln. »*Das* sagen Sie von einem Menschen, der drauf und dran war, seine Familie mit seiner fanatischen Bauwut zu ruinieren?«

»Ja, das tue ich«, sagte er. »Dieser Mann war friedliebend, freigiebig und aufrichtig am Wohl seiner Untertanen interessiert.«

Regina runzelte die Stirn.

In ihrem Traum hatte sie denselben Eindruck gehabt. Dennoch …

Friedberg hatte ihre Reaktion offenbar missverstanden. »Ehrlich gesagt nehme ich es Ihnen nicht übel, wenn Sie sich über meine Meinung wundern. Ludwigs Verhalten war in der Tat mehr als rätselhaft. Aber dafür gab es gute Gründe: In seinem Leben ist alles schiefgelaufen, was nur schiefgehen konnte. Das fing schon in seiner Kindheit an. Er wurde äußerst streng erzogen, ja regelrecht zum König gedrillt. Und seine Eltern verhielten sich ihm gegenüber sehr kühl. Als er ein Jugendlicher war, ließ sich sein Vater, Maximilian II., kaum dazu bewegen, seinen Sohn auch nur mit auf einen Spaziergang zu nehmen.«

Regina schüttelte den Kopf. »Ich an seiner Stelle hätte meinem Nachfolger so viel wie nur möglich mit auf den Weg geben wollen. Der arme Kerl!«

»Ludwig hat später offen zugegeben, dass er seinen Vater nicht geliebt hat«, fuhr er fort. »Und die steife Erziehung seiner Mutter war ihm ein Greuel.«

»Du lieber Himmel«, murmelte sie. »Etwas Schlimmeres kann einem Kind wohl kaum passieren.«

Friedberg nickte. »Absolut. Hinzu kommt, dass Maximilian ziemlich unerwartet gestorben ist, als Ludwig achtzehn Jahre alt war. Der Junge hatte gerade erst sein Abitur gemacht und ein paar Vorlesungen an der Universität gehört. Er war kein bisschen auf seine Aufgabe vorbereitet und wurde regelrecht auf den Thron katapultiert.«

»Dann war er kaum älter als die Schüler in meiner Abiturklasse.« Regina schüttelte den Kopf. »Ich hätte nicht in seiner Haut stecken wollen.«

»Trotzdem hat er sich anfangs sehr bemüht, ein guter König zu sein«, fuhr Friedberg fort. »Aber er war total überfordert. Hinzu kam, dass er sehr schüchtern war. Seine Untertanen wussten das natürlich nicht, und verständlicherweise wollten sie ihren regierenden Monarchen öfter zu Gesicht bekommen. Sie können sich vorstellen, wie schwer Ludwig diese öffentlichen Auftritte gefallen sind. Dabei war er ein sehr gut aussehender junger Mann und hatte großen Charme.«

Regina lief es kalt den Rücken hinunter.

Ja, genauso hatte sie den König in ihren Träumen selbst erlebt.

»Viele junge Mädchen haben für Ludwig geschwärmt«, fuhr Friedberg fort. »Sie haben Haare von den Mähnen und Schweifen seiner Pferde als Andenken abgeschnitten. Einige sind sogar in der Münchner Residenz herumspaziert, weil sie hofften, der König würde sich in sie verlieben. Dabei war Ludwig homosexuell.«

»Du meine Güte!«, entfuhr es Regina.

Friedberg warf ihr einen beinahe schuldbewussten Blick zu.

»Geht es etwa so weiter?«, fragte sie.

»Ja, leider«, gestand er.

Sie hatten den Gutshof erreicht, wo bereits zwei hübsche, braune Kaltblüter vor einer Kutsche auf sie warteten. Ein graubärtiger Mann in Jeans und Trachtenjacke zog gerade ein paar Lederriemen an ihrem Geschirr fest.

Friedberg hob grüßend die Hand. »Hallo Sepp!«

Dann stellte er ihm Regina vor.

»Grüaß di.« Der Graubart hielt ihr seine schwielige Hand hin. »Magst mitfahr'n?«

Erfreut schlug Regina ein. »Erraten. Und vielen Dank! Das ist wirklich nett von Ihnen.«

»Ist doch klar. Wenn eine hübsche Frau dabei ist, macht's gleich viel mehr Spaß.« Er zwinkerte ihr zu. »Dann steigt's mal ein, ihr beiden.«

Regina ließ sich neben Friedberg auf der weich gepolsterten Rückbank nieder. Sepp dagegen stieg auf den Kutschbock, ergriff die Zügel und schnalzte mit der Zunge.

Ein Ruckeln ging durch das Gefährt, als die Pferde sich in Bewegung setzten. In ruhigem Tempo rollte die Kutsche vom Hof und bog zum Neuen Schloss ab.

Friedberg hatte Regina nicht zu viel versprochen: Schon nach wenigen Minuten begann sie sich zum ersten Mal an diesem Tag zu entspannen.

Wie schön es hier war. Der Chiemsee glitzerte in der Sonne, und die Bäume leuchten in den tollsten Farben … Leider war sie tags zuvor so traurig gewesen, dass sie für all das gar kein Auge gehabt hatte.

Sie lehnte sich zurück, atmete tief durch und ließ sich die Herbstsonne aufs Gesicht scheinen.

Friedberg hatte sich mit Sepp über die Pferde unterhalten, aber nun wandte er sich ihr zu. »Macht's Spaß?«

»Oh ja«, seufzte sie. »Ich wusste gar nicht mehr, wie schön eine Kutschfahrt ist.«

»Dann mögen's Pferdl?«, hakte Sepp nach.

»Und wie«, sagte Regina. »Als Jugendliche hab ich sogar mal ein Pflegepony gehabt.«

Sepp strahlte. »Dann habt's was mit uns beiden gemeinsam. Und mit unserem König Ludwig.«

Überrascht hob Regina den Kopf. »Ach, wirklich?«

»Aber ja«, meinte Friedberg. »Ludwig war ein großer Pferdefreund. Als junger Mann war er auch ein hervorragender, geradezu tollkühner Reiter. Damals hat er oft stundenlange Ausritte gemacht.«

Er grinste schief. »Bestimmt konnten seine Leibwächter am nächsten Tag ein Lied von ihrem Muskelkater singen.«

Wie er so dasaß, unrasiert und mit vom Fahrtwind verstrubbelten Haaren, sah er glatt ein bisschen verwegen aus, fand Regina. Überhaupt war er ihr sehr sympathisch. Offensichtlich kannte er König Ludwigs Geschichte bis in die Einzelheiten, und er hatte eben so herzlich von ihm gesprochen …

»Stellen Sie sich vor: Ludwig hat sogar seine Lieblingspferde porträtieren lassen«, fuhr er gerade fort. »Heute kann man die Bilder in München bewundern, genauer gesagt im Marstallmuseum von Schloss Nymphenburg. Am meisten mochte er übrigens englische Vollblüter. Eines seiner allerliebsten Pferde war Cosa Rara, eine elegante, schlanke Schimmelstute.«

Seine Worte fuhren Regina durch Mark und Bein. Elegant, schlank, ein Schimmel. Das klang ja so, als hätte er das geisterhafte Pferd beschrieben, das sie am Abend zuvor im Wald gesehen hatte.

Das war Zufall. Es musste einfach Zufall sein, sagte sie sich schnell.

»Geht's Ihnen gut?« Besorgt beugte Friedberg sich zu ihr herüber. »Sie sind plötzlich so blass. Und gestern im Schloss ist Ihnen auch schon schlecht geworden.«

»Mit mir ist alles in Ordnung«, flunkerte Regina. »Wenn ich Ferien habe, spielt mein Kreislauf in den ersten Tagen gerne ein bisschen verrückt.«

»Na dann.« Friedberg sah ehrlich erleichtert aus.

»Ist es Ihnen recht, wenn ich die Pferdl mal ein bisschen traben lasse?«, fragte Sepp.

»Aber natürlich«, antwortete Regina.

Sepp schnalzte mit der Zunge, und die beiden Kaltblüter liefen los. In flottem Tempo ging es unter den Bäumen einer Allee entlang.

Regina war beinahe froh, dass das Hufgetrappel und das Rollen und Quietschen der Räder ein Gespräch verhinderten. So konnte sie sich alles noch einmal in Ruhe durch den Kopf gehen lassen.

Das Pferd im Wald war sehr hell gewesen. Das hatte sie deutlich gesehen. Es hätte auch gut ein Vollblut sein können. Und der große, schlanke Reiter mit den kurzen, lockigen Haaren ...

Eigentlich hatte sie nicht viel mehr als seine Umrisse gesehen. Doch er hatte tatsächlich Ähnlichkeit mit dem jungen König Ludwig gehabt, den sie in den letzten Tagen öfter auf Bildern gesehen hatte.

Aber sie rief sich selbst zur Ordnung. »Unsinn!«, murmelte sie. »Das geht wirklich zu weit.«

»Hooo!« Sepps Stimme riss sie aus ihren Gedanken.

Die Kutsche wurde langsamer und bog nach links auf den Weg ab, der neben der langen Rasenfläche auf das Neue Schloss zuführte.

Ob Ludwigs übersteigerte Bauwut etwas mit seinen vielen Schwierigkeiten zu tun gehabt hatte?, fragte sich Regina. Vielleicht hatte er sich minderwertig gefühlt, wegen seiner Homosexualität und weil seine Eltern ihn nicht wirklich geliebt hatten. Hatte er vielleicht versucht, seine innere Verzweiflung mit dieser äußeren Pracht zu übertünchen? Aber das war ihm wohl nicht gelungen, denn er hatte immer weiter gebaut.

»Deine Pferde haben sich mächtig gemacht, seit ich das letzte Mal mitgefahren bin«, sagte Friedberg.

Sepp schaute sich zu ihm um, und seine blauen Augen blitzten vor Stolz. »Ja, das sind zwei ganz schlaue Burschen. Die arbeiten gerne und lernen extrem schnell. Brav sind sie obendrein.«

Friedberg zog die Augenbrauen hoch. »Stell' dein Licht bloß nicht unter den Scheffel! Du verstehst dein Handwerk. Das ist auch ein Grund.«

»Ich mach's ja auch schon seit über vierzig Jahren«, brummte Sepp. »Außerdem hab ich's von meinem Vater gelernt, und der wieder von seinem Vater.«

An Regina gewandt fügte er hinzu: »Meine Vorfahren haben sogar den König Ludwig kutschiert.« Dann ließ der die Pferde nach rechts in Richtung Wald abbiegen.

»Gerade habe ich nochmal über das nachgedacht, was Sie mir eben erzählt haben, Dr. Friedberg«, sagte Regina. »Ich hätte nämlich nicht gedacht, dass König Ludwig so sportlich war.«

Friedberg zog die Augenbrauen hoch. »O doch, und wie! Er war nicht nur ein ausgezeichneter Reiter, sondern auch ein sehr guter, ausdauernder Schwimmer. Trotzdem wurde er mit fortschreitendem Alter immer rundlicher.«

»Das geht doch den meisten so«, wendete Sepp ein. »Ich hab auch 'nen Bauch bekommen in den letzten Jahren. Dabei arbeite ich den ganzen Tag im Stall und mit meinen Pferden.«

Friedberg grinste schief. »Tja, der Zahn der Zeit.«

Regina musterte ihn noch einmal aus den Augenwinkeln.

Ihm war der Bauch aber erspart geblieben, stellte sie fest. Er war sogar noch schlanker als Tobias, dabei war er mit Sicherheit ein paar Jährchen älter. Graue Haare hatte er trotzdem nicht. Überhaupt: Der Mann gefiel ihr.

»War das schön«, seufzte Regina, als sie wieder vor dem Gutshof angekommen waren. »Vielen Dank, Herr …?«

»Sepp reicht«, sagte der. »Es war mir eine Freude.«

»Also: Vielen Dank, lieber Sepp!«, wiederholte sie. »Auch Ihnen, Dr. Friedberg, weil Sie mich hierher mitgenommen haben.«

Dessen graue Augen leuchteten. »Keine Ursache. Leider muss ich mich jetzt von Ihnen verabschieden, denn ich bin heute Nachmittag mit ein paar Freunden verabredet. Aber wir sehen uns bestimmt nochmal.«

Sie stiegen aus, und er hob noch einmal grüßend die Hand. »Also, bis bald! Tschüss, Sepp!«

Der nickte und begann seine Pferde abzuschirren.

»Sie können gerne mal wieder mitfahren«, bot er Regina an.

»Das werde ich bestimmt machen«, versicherte sie.

Die Kutschfahrt war wunderschön gewesen, und Reginas Laune hatte sich deutlich gebessert. Doch als sie vom Hof ging, geriet sie wieder ins Grübeln.

Wirklich *alles,* was sie in ihren Träumen und Visionen erlebt hatte, passte zu dem echten König Ludwig. Es gab gar keinen Zweifel: Was im vergangenen Herbst auf der Fraueninsel passiert war, wiederholte sich hier. Und das hieß …

Ihr wurde so schwindelig, dass sie sich am Wegesrand an einen Baum lehnen musste. Denn sie war sich sicher: Es drohte, wie damals, irgendein Unheil. Darum versuchte jemand aus der Vergangenheit geradezu verzweifelt, mit ihr in Kontakt zu treten. Und dieser Jemand war höchstwahrscheinlich kein Geringerer als König Ludwig II.

Ihr Herz schlug ihr bis zum Hals, und ihre Hände zitterten. Langsam glitt sie an dem rauen Stamm abwärts, hockte sich auf den kalten Boden und starrte vor sich hin.

»Was willst du von mir?«, flüsterte sie nach einiger Zeit ins Leere. »Und warum kommst du ausgerechnet zu mir? Ich bin doch ganz alleine! Wie soll ich dir denn da bloß helfen?«

DEM MYSTERIUM AUF DER SPUR

Als Regina zum Zeltplatz zurückkehrte, war es später Nachmittag.

Maxi und ihre Studenten luden gerade einige Kisten voller Funde von einem kleinen Lastwagen ab, der laut seiner Aufschrift der Schlösserverwaltung Herrenchiemsee gehörte.

»Wie läuft's denn bei euch?«, fragte Regina.

»Heute haben wir die Reste eines Schwertes und die Grundrisse von zwei hölzernen Gebäuden gefunden. Sie sind vermutlich keltischen Ursprungs«, antwortete Maxi lächelnd. »Meine Studenten sind ganz aus dem Häuschen. Aber es ist noch zu früh, um eindeutige Schlüsse zu ziehen. Erst mal müssen wir ...«

»Hallo! Da seid ihr ja.«

Regina drehte sich um und sah, wie Tobias auf sie zu gehumpelt kam. Er wirkte müde und war ziemlich blass um die Nase. Trotzdem strahlte er über das ganze Gesicht.

Regina ging zu ihm und umarmte ihn vorsichtig.

»In Rosenheim scheint es ja gut gelaufen zu sein«, meinte Maxi.

»Absolut«, sagte er. »Stellt euch vor: Gleich in mehreren Urkunden habe ich Hinweise auf den geheimen Tunnel gefunden. Offenbar beginnt er ganz woanders, als wir gedacht haben. Bisher haben wir ja vermutet, der Eingang läge …« Er verschluckte sich und musste kräftig husten.

»Nun komm erst mal runter!«, meinte Maxi.

»Ja okay«, keuchte Tobias und atmete tief durch. »Also, wir haben gedacht, der Zugang läge irgendwo im Bereich des Chorherrenstiftes. So heißt es ja auch in der alten Sage. Aber …«

Er räusperte sich. »Offenbar führt der Gang vom Frauenkloster über die Krautinsel und danach weiter zur Herreninsel.«

»Das würde Sinn machen«, fand Regina. »Wenn seine Erbauer die Krautinsel sozusagen als Zwischenhalt benutzt haben, mussten sie insgesamt wahrscheinlich eine kürzere Strecke graben.«

Tobias nickte. »Damals lagen im Osten der Herreninsel allerdings noch große Bereiche unter Wasser. Darum müssen wir den Geheimgang eher im Zentrum der Insel suchen, genauer gesagt im Bereich des Neuen Schlosses.«

Für einen Moment herrschte verdutzte Stille. Dann sagte Regina: »Eigentlich hätten Ludwigs Maurer den Tunnel doch finden müssen.«

»So sieht es aus«, bestätigte er. »Eben auf der Rückfahrt habe ich deswegen mit Dr. Friedberg telefoniert. Der Mann scheint die Bauakten des Schlosses auswendig zu kennen, jedenfalls ist er sich sicher, dass dort von einem Tunnel oder etwas Ähnlichem nirgendwo die Rede ist. Es gibt nur eine Rechnung über eine Entschädigung, die man einem Handwerker ausgezahlt hat. Er ist beim Ausschachten der Fundamente für das zentrale Gebäude plötzlich 'in ein großes Loch' eingebrochen und hat sich verletzt. Das könnte eine Spur sein.«

Reginas Gedanken überschlugen sich. Standen ihre Träume und Visionen vielleicht in einem Zusammenhang mit Tobias' Suche nach dem Geheimgang?

»Vermutlich wollte man den Tunnel geheim halten«, sagte sie. »Der Befehl dazu ist bestimmt von höchster Stelle gekommen. Wahrscheinlich sogar vom König selbst.«

»Wie kommst du denn darauf?«, fragte Maxi überrascht.

Regina überlegte noch einmal kurz, bevor sie antwortete. »Ich vermute, dass er dort etwas verstecken wollte.«

Tobias wiegte den Kopf. »Das macht durchaus Sinn, finde ich.«

Maxi lächelte. »He! Denkt ihr etwa schon wieder an einen Schatz? Vergesst nicht, wie es euch letztes Jahr ergangen ist!«

Regina bekam eine Gänsehaut.

Tobias dagegen protestierte. »Na hör mal! Ludwig war total pleite. Eher möglich ist, dass er dort geheime Tagebücher oder Pläne für noch mehr Schlösser in Sicherheit gebracht hat. Das wären wichtige Quellen, die wir unbedingt für die Wissenschaft bergen müssten.«

»Vielleicht finden wir in dem Gang ja auch das Grab seines heimlichen Geliebten«, vermutete Regina. »Von dem durfte doch bestimmt niemand etwas erfahren, oder?«

»Mhm«, brummte Maxi. »Ob er einen festen Lover hatte, weiß ich nicht. Aber zumindest hat er nie geheiratet.«

»Wie auch immer«, beendete Tobias ihre Spekulationen, »Friedberg ist sich sicher, dass wir im Bereich der Schlossgärten gar nicht erst nachzuforschen brauchen. Dort drehen die Gärtner nämlich in regelmäßigen Abständen jeden Erdkrumen dreimal um. Einen möglichen Tunnel hätten sie längst entdeckt.«

»Und die unfertigen Räume in den Erdgeschossen der beiden Seitenflügel hat man gerade renoviert«, fügte Maxi hinzu.

»Davon hat mir Friedberg auch erzählt«, sagte Tobias. »Im Südflügel ist ja eigentlich das König Ludwig II.-Museum untergebracht. Dort wurden die Fußböden erneuert und die Mauern und der Estrich auf schadhafte Stellen untersucht. Vor ein paar Tagen ist man damit fertig geworden, und ab nächster Woche wird man die Vitrinen wieder aufstellen. Jedenfalls hat man nichts entdeckt, das auch nur ansatzweise auf einen Geheimgang hinweisen würde.«

»Dann brauchen wir dort auch nicht mehr zu suchen«, meinte Regina.

Maxi grinste. »Die haben euch richtig Arbeit abgenommen.«

Tobias zog die Augenbrauen hoch. »Einerseits ja. Andererseits kann ich nur hoffen, dass sie nichts übersehen haben. Die wussten doch gar nicht, dass es dort vielleicht einen Geheimgang gibt.«

»Nun übertreib' mal nicht«, beruhigte ihn Maxi.

Regina schaute zur Seite, damit niemand ihr Grinsen sah. Denn vor ihrem inneren Auge sah sie Tobias, der die frisch gelegten Fußböden im Südflügel eigenhändig wieder aufbrach und die neuen Tapeten abkratzte, um die nackten Ziegelwände mit einer Lupe zu inspizieren.

In Wirklichkeit rieb er sich gerade nachdenklich den Bart. »Im Nordflügel wurde auch schon gearbeitet. Dort hat man allerdings nur neue Fußböden gelegt, weil für die Wände kein Geld mehr vorhanden war.«

»Dann müsst ihr euch darauf konzentrieren«, sagte Maxi. »Wie sieht's aus? Könnt ihr dabei Hilfe gebrauchen?«

Überrascht sah Tobias sie an.

»Na ja, dieser Geheimgang interessiert mich schon sehr«, erklärte sie. »Und meine Studenten sind erwachsen genug, um auch mal ein paar Stunden ohne mich klarzukommen.«

Tobias lächelte. »Warum nicht? Hast du denn morgen Zeit? Friedberg hat uns nämlich erlaubt, schon am Nachmittag anzufangen. Übrigens will auch er uns für ein paar Stunden unterstützen.«

Maxi runzelte die Stirn. »Nein, das geht leider nicht. Ich habe ein paar Politiker aus der Gegend zu Besuch. Den Termin kann ich unmöglich verschieben, weil ihre Gemeinden unsere Grabung mitfinanzieren.«

»Schade«, fand Regina.

»Da kann man wohl nichts ändern«, seufzte Maxi. »Also dann: Bis gleich beim Abendessen.«

Sie kehrte zu ihren Studenten zurück, die gerade heftig darüber diskutierten, wie man die Kisten mit ihrem wertvollen Inhalt am besten lagerte.

Regina dagegen ging mit Tobias zu ihrem Zelt.

Er ließ sich auf sein Feldbett sinken. »Unser guter König Ludwig hatte mehr als genug zu verbergen, oder? Gut möglich, dass er wirklich etwas in dem Geheimgang versteckt hat. Wenn wir den morgen finden, dann … Wow!«

Wenig später war er eingeschlafen.

Regina dagegen saß noch lange mit Maxi und den Studenten um ein Lagerfeuer, grillte Würstchen und hörte zu, wie sie begeistert von ihrer Grabung erzählten und rätselten, was sie wohl noch alles finden würden.

Bei Tobias war diese Begeisterung bis zum heutigen Tag erhalten geblieben. Auch deshalb hatte sie sich in ihn verliebt. Dennoch …

Sie sah plötzlich wieder Friedberg vor sich. Sein Wissen über Ludwig II. war bewundernswert. Und er sah wirklich gut aus mit seiner sportlichen Figur und seinem sympathischen Abenteurerlächeln.

Regina seufzte.

Besser, sie ging jetzt ins Bett. Morgen war auch noch ein Tag, und dann wäre sie beim Wälzen von Problemen wenigstens richtig wach.

*

Regina war wieder *dort*. Diesmal wusste sie es sofort, und sie erschrak nicht einmal darüber.

Erneut stand sie vor der Hauptfassade des Neuen Schlosses. Aber diesmal war es dort erstaunlich ruhig. Kein Wagen war unterwegs und kein Handwerker zu sehen. Aber hinter sich hörte sie Stimmen.

Als sie sich umdrehte, sah sie die große Gestalt von König Ludwig, eskortiert von einigen Soldaten. Neben ihm stand ein dunkelhaariger, bärtiger Mann, den sie schon einmal gesehen hatte: Kurz vor dem Unfall hatte er sich über Gero von Adlerfels und dessen vermeintliche Pflichtverletzung beschwert. Herr von Effner, wenn sie sich recht erinnerte.

Diesmal hielt er einen zusammengerollten Plan in der Hand und unterhielt sich angeregt mit dem König.

Sie fragte sich, ob Leutnant Gero auch unter den Leibwächtern war und trat ein paar Schritte näher. Aber sie konnte ihn nirgendwo sehen.

Vielleicht waren seine Brüche noch nicht verheilt, überlegte sie. Oder hatte es doch noch Komplikationen gegeben?

Sie trat zu einigen Soldaten, die leise miteinander redeten. Mit einem bisschen Glück konnte sie deren Gesprächen vielleicht etwas über Gero entnehmen.

Doch dann zog von Effners Stimme ihre Aufmerksamkeit auf sich.

»Das Einverständnis Eurer Majestät vorausgesetzt, werde ich die Gärten kreuzförmig um das Schloss herum anlegen«, sagte er und entrollte den Plan. »Wie bei den Gärten von Versailles, die ja unser Vorbild sind, werden die beiden großen Brunnen vor der Hauptfassade dem Gott Apollon und seiner Mutter Latona gewidmet sein.«

Ludwig nickte.

So ähnlich war es tatsächlich gekommen. Allerdings standen in den Brunnen die Statuen der Fama und der Fortuna. Aber wie hatte der König sich den Rest der Anlage vorgestellt?

»Den Garten im Norden, links von der Fassade, soll ein dem Meeresgott Neptun gewidmetes Wasserbecken abschließen«, fuhr von Effner fort. »Allerdings weiß ich noch nicht, ob wir, wie Majestät es wünschen, im Süden eine Orangerie bauen können. Das Gelände scheint mir dafür nicht gut beschaffen zu sein.«

»Nun, wir werden sehen«, murmelte Ludwig.

Der Gartenarchitekt nickte. »Für den Osten, die Rückseite Eures Schlosses, habe ich mir etwas Besonderes einfallen lassen.«

Während seiner Rede, war Regina auf die beiden zugegangen. Nun konnte sie den Entwurf endlich sehen.

Sie machte große Augen.

Diese Gärten wären riesig geworden, sah sie auf einen Blick. Und sie hätten sich tatsächlich um das ganze Schloss herum gezogen. Offenbar hatte Ludwig auch hier weder Kosten noch Mühen gescheut. Vor allem keine Kosten.

Besonders groß war die Anlage hinter dem Gebäude geplant, auf die von Effner gerade mit dem Kinn deutete. »Dort muss ich leider von unserem Vorbild abweichen. Anders als in Versailles werden wir hier auf Herrenchiemsee die breite Prachtstraße an den Innenhof anschließen. Sie wird über ein mit Bäumen umstandenes Rondell und dann bis zur Schiffsanlegestelle führen. Dort werdet Ihr später aussteigen, wenn Ihr auf der Insel zu residieren geruht.«

Was hatte dieser König nur vorgehabt, wunderte sich Regina. Doch er hatte es nicht umsetzen können. Bestimmt war ihm vorher das Geld ausgegangen.

An diesem Tag schienen Ludwig aber definitiv noch keine Sorgen um seine Finanzen zu quälen. »Wunderbar. Macht es so. Nur über die Orangerie müssen wir noch reden.«

Von Effner verbeugte sich. »Gerne, Eure …«

»Majestät!«

Regina fuhr herum.

Einer der Leibwächter kam auf sie zugelaufen, der zuvor mit einem Jungen gesprochen hatte, der etwas entfernt schüchtern stehen geblieben war.

Der König hob den Kopf. »Was ist passiert, Herr von Riedneck?«

»Majestät«, schnaufte der Soldat noch einmal und bremste vor ihm ab. »Herr von Adlerfels ist in höchster Gefahr.«

»Was sagt Ihr da?«, rief Ludwig aus.

Der Leibwächter atmete tief durch. »Eine Horde Bauern ist drauf und dran, sich auf ihn zu stürzen. Fräulein Ludovica soll nämlich gleich in der Herrenchiemseer Pfarrkirche heiraten.«

»Ihr scherzt«, knurrte der König. »Ich bin mir sicher, dass sie und der Freiherr ...«

»Aber das ist ja das Problem!«, unterbrach ihn der aufgeregte Herr von Riedneck höchst unhöflich. »Ludovicas Zieheltern sind fest davon überzeugt, dass der Herr Gero sie nur ausnutzen will. Darum haben sie das arme Mädchen in einer Nacht- und Nebelaktion gezwungen, heute mit ihrem verwitweten Nachbarn vor den Traualtar zu treten. Eben erst hat der Freiherr einen Brief mit ihrem Hilferuf erhalten.«

»Große Güte!«, keuchte Ludwig. »Ich dachte, ich könnte den beiden noch ein bisschen Zeit ... Egal. Folgt mir!«

Er ging los, so schnell, dass Regina und Herr von Riedneck kaum hinterherkamen, und kletterte behände in eine mit zwei weißen Pferden bespannte Kutsche, die am Rande der Baustelle gewartet hatte. Von Riedneck folgte ihm.

»Fahrt zur Kirche Sankt Maria, sofort. Und macht Tempo!«, rief er dem Kutscher zu.

Regina schaffte es gerade noch in die Kutsche, da trabten die Pferde schon schwungvoll an. Ein heftiger Ruck ging durch das Gefährt, und sie plumpste hart neben dem

König auf die Bank. Als sie sich zurechtsetzte, sah sie aus den Augenwinkeln, dass die übrigen Leibwächter rufend und winkend hinter ihnen hergerannt kamen.

Der König beachtete sie nicht.

Die Kutsche brachte das erste, steil abwärts führende Stück des Weges hinter sich, dann befahl der König mit einer Stimme, die keinen Widerspruch duldete: »Galopp, Mann, es geht um Leben und Tod!«

Als der Kutscher ihm einen verdutzten Blick zuwarf, konnte Regina in seine blaue Augen sehen. Sie kamen ihr merkwürdig bekannt vor, doch ehe sie darüber nachdenken konnte, hatte er sich wieder umgedreht und ließ seine Peitsche durch die Luft zischen.

Die Pferde jagten so schnell dahin, dass die Kutsche quietschte und ächzte. Regina, die sich mit beiden Händen an ihrer Sitzbank festklammerte, wurde mächtig durchgerüttelt.

Es ging durch den Wald, dann über die Kreuzung und die Allee entlang in Richtung Chorherrenstift. Die Pferde wurden erst langsamer, als sie die Kutsche den Hang zur Klosterkirche hinaufziehen mussten.

Dann kam endlich die kleine, graue Kirche Sankt Maria in Sicht.

Regina atmete tief durch. Sie ließ die Sitzbank los, reckte sich, um besser sehen zu können – und schnappte erschrocken nach Luft.

Freiherr Gero stand mit gezogenem Säbel an der Kirche, buchstäblich mit dem Rücken zur Wand. Eine

Horde wütender Männer umringte ihn. Sie schwangen ihre Fäuste; manche hielten dicke Äste oder blitzende Messer in den Händen. Einer brüllte: »Du Mädchenschänder!«

Und ein anderer fügte hinzu: »Na warte! Dir werden wir's zeigen!«

Johlend zog die Menge ihren Ring noch enger um ihr Opfer.

Wenn jetzt einer den ersten Schritt auf ihn zu tat, würden sich auch die anderen auf Gero stürzen, dachte Regina mit wild klopfendem Herzen.

»Verdammt!«, fluchte Ludwig höchst unköniglich. Ehe die anderen sich versahen, sprang er aus der noch fahrenden Kutsche und eilte auf den zornigen Mob zu.

»So wartet!«, bat Herr von Riedneck und rannte hinter ihm her.

Aber der König würdigte ihn keines Blickes.

»Haltet ein, Leute!«, rief er. »Wenn ihr dem Freiherrn auch nur ein Haar krümmt, werdet ihr das schwer bereuen!«

Doch die Kerle machten einen solchen Lärm, dass ihn kaum jemand hörte. Nur zwei Männer, die ganz hinten standen, sahen sich um.

Sie wurden steif vor Schreck.

Ludwig stieß sie zur Seite und drängelte sich durch die Menge.

Er ging ein immenses Risiko ein, fand Regina. Wenn die aufgehetzten Leute nicht früh genug erkannten, wen sie da vor sich hatten, würden sie auch ihn angreifen. Und dann gnade ihm Gott!

Wenigstens konnte sie ihn aufgrund seiner Größe inmitten der Meute gut sehen.

Als Herr von Riedneck bei dem brüllenden Mob ankam, hatte sich die Lücke hinter dem König schon wieder geschlossen.

»Macht Platz!«, rief er mit einer Stimme, der Regina die Angst anhörte.

Niemand reagierte.

Aber das Gejohle wurde immer leiser. Einer nach dem anderen drehte sich um und starrte Ludwig entgeistert an.

Gero von Adlerfels stand immer noch mit dem Rücken zur Kirche. Seine Uniform hatte einen blutigen Riss an der linken Schulter.

Dennoch trat er einen Schritt vor und stellte sich schützend vor seinen König.

Der schob ihn sanft zur Seite, ohne die Augen von seinen Untertanen zu nehmen. Mit flammendem Blick sah er in die Menge, in der es mucksmäuschenstill geworden war.

»Was habt ihr euch dabei gedacht?«, donnerte er. »Seid ihr denn allesamt verrückt geworden?«

Für ein paar Atemzüge war es still. Dann nahm ein bulliger Kerl seinen Hut ab, trat vor und verbeugte sich tief. »Der Freiherr zu Adlerfels hat sich an unsere Ludovica herangemacht, Majestät.«

Ein dürrer Mann neben ihm machte ebenfalls einen Bückling und fügte hinzu: »Das arme Ding glaubt tatsächlich, er würde es ernst mit ihr meinen. Dabei weiß doch jedes Kind, dass er seinen Adelstitel und seine Stellung bei Hofe verlieren würde, wenn er sie, die Tochter einfacher Bürger, heiraten würde.«

»Ist doch klar, was er vorhat!«, rief jemand aus der Menge. »Nun hat er auch noch versucht, ihre Hochzeit mit dem ehrbaren Franz Poldinger zu verhindern.«

Prompt wurden die Leute wieder unruhig.

»Unsinn!« Ludwigs Stimme übertönte das Murren, und sofort wurde es wieder still.

Mit einer ungeduldigen Geste winkte er Gero, ihm zu folgen, und ging an den verdutzt glotzenden Männern vorbei zum Eingang an der Westseite der Kirche.

Jupiter mit seinen Gewitterpfeilen in der Hand hätte nicht eindrucksvoller sein können als Ludwig in seinem Zorn, dachte Regina beeindruckt.

Eilig kletterte sie aus der Kutsche und lief zur Kirche hinüber. Dabei sah sie aus den Augenwinkeln, dass die übrigen Leibwächter keuchend den Hang heraufgerannt kamen.

Als Regina bei Ludwig ankam, drückte er gerade die schwere Klinke an einer der beiden Türen hinunter, dann rüttelte er daran.

»Herrgott nochmal, die haben tatsächlich abgeschlossen«, schimpfte er und atmete tief durch, um seinen Ärger zu bändigen.

»Entweder ihr macht sofort auf, oder ich lasse die Kirche stürmen!«, rief er. »Ich zähle bis drei. Eins …«

Bei »zwei« rasselte und quietschte der Schlüssel im Schloss, und bei »drei« öffnete sich die Türe einen Spalt. Eine magere, dunkelhaarige Frau schob ihre spitze Nase durch den Spalt.

Sie riss die Augen auf und stotterte: »Das ist wirklich … Willkommen … Mein Gott!«

Der König schob sie zur Seite. »Übertreibt nicht. Wenn Ihr mich ‚Eure Majestät' nennt, reicht mir das völlig.«

Mit entschlossenen Schritten betrat der König die Kirche. Eilig schob Regina sich hinter ihm her.

Der große Raum war festlich mit Blumen und brennenden Kerzen geschmückt. Am Altar wartete ein alter, etwas gekrümmter Pfarrer, der die Eintretenden verängstigt musterte.

Vor ihm standen einige Frauen, die Ludovica in die Mitte genommen hatten. Mit ihrem nass geweinten, blassen Gesicht gab die junge Braut ein Bild der Verzweiflung ab. Sie machte große Augen, als Gero hereinkam, gefolgt von den schnaufenden Leibwächtern. Dann fiel ihr Blick auf seine blutende Schulter; sie schlug die Hand vor den Mund und begann wieder zu weinen.

»Lasst die Leute herein. Sie sollen hören, was ich zu sagen habe«, befahl Ludwig.

Er winkte den Freiherrn von Adlerfels zu sich, ging zu der schluchzenden Ludovica und nahm ihre beiden Hände.

»Armes Kind«, murmelte er und zog sie ein wenig näher zu sich heran. Dann drehte er sich zu den Bürgern um, die sich, ihre Hüte in der Hand, mit verlegenen Gesichtern am Eingang herumdrückten, und verkündete in feierlichem Ton: »Ihr sollt wissen, dass ich das junge Fräulein Essler mit dem heutigen Tag zur Freifrau von Eschleben ernenne und ihr das gleichnamige Gut im Frankenland übertrage.«

Mit offenem Mund starrte Ludovica ihn an. In der Kirche brach erstauntes Gemurmel und aufgeregtes Getuschel aus.

Ludwig legte der frisch ernannten Freifrau seine linke Hand auf die Schulter und schob sie sanft zu Gero hinüber.

»Und nun zu Euch, Herr von Adlerfels«, sagte er.

Als der Leibwächter ihn ratlos ansah, knurrte er ungehalten: »Was ist? Heiratet gefälligst Eure Braut! Die standesamtlichen Angelegenheiten regeln wir später.«

Geros Augen wurden riesengroß. Er schaute Ludovica an, die wie vom Donner gerührt vor ihm stand.

»Ja, willst du ... willst du mich denn überhaupt haben?«, fragte er unsicher.

»Ach, du Dummkopf!«, rief sie aus, fiel ihm um den Hals und drückte sich an ihn.

Sie würde ihn bestimmt nie wieder loslassen, dachte Regina gerührt.

Kopfschüttelnd kramte Ludwig in der Tasche seines Anzugs, zog ein Seidentuch heraus und reichte es Ludovica. »Bitte trocknet Euch das Gesicht ab, gnädiges Fräulein. Oder möchtet Ihr mit verweinten Augen vor den Traualtar treten?«

Nur undeutlich sah Regina, dass das Mädchen ihm gehorchte, denn gerade kamen auch ihr die Tränen. Sie ließ sich auf eine Bank sinken und wischte sich mit dem Handrücken über die Augen.

Bevor sie wieder hinschauen konnte, hörte sie den König fragen: »Gnädige Dame, erlaubt Ihr, dass ich die Stelle Eures verstorbenen Vaters einnehme und Euch zum Altar führe?«

Ludovica strahlte ihn an. »Aber natürlich, Eure Majestät. Es ist ... es ist mir eine riesengroße Ehre. Und niemand hat das mehr verdient als Ihr. Danke. Vielen, vielen Dank!«

Ehe er sich versah, hatte sie seine rechte Hand genommen und einen Kuss darauf gehaucht.

Gero dagegen verbeugte sich tief. »Majestät, von nun an seid Ihr mehr als mein König. Ihr seid der Mann, dem ich mein Glück verdanke. Ich stehe mein Leben lang in Eurer Schuld.«

Ungehalten winkte Ludwig ab. »Nichts da, Herr von Adlerfels. Heute habe ich nur einen kleinen Teil dessen beglichen, was ich *Euch* schuldig bin.«

Er drehte sich zu dem Pfarrer um, der immer noch am Altar stand und das Geschehen mit zitternden Händen verfolgt hatte. »Ehrwürden, waltet Eures Amtes!«

Der alte Priester verbeugte sich und schlurfte mit unsicheren Schritten auf seinen Platz.

»Also los, Herr von Adlerfels, tretet vor und erwartet Eure Braut«, forderte der König ihn mit einer ungeduldigen Geste auf.

Dann bot er Ludovica seinen Arm.

Als die beiden mit gemessenen Schritten zum Altar gingen, begann tatsächlich die Orgel zu spielen, zögernd und leise zuerst, dann immer lauter und fröhlicher.

»Guten Morgen, mein Schatz!«

Huch! War das Tobias?

Regina blinzelte.

Er stand vor ihr, in Jeans und Wollpullover, offensichtlich frisch geduscht und hellwach.

Warum hatte er sie geweckt?, fragte sie sich träge. Wo sie doch Ferien hatte …

»Ausschlafen!«, murmelte sie.

Doch er rüttelte sie gnadenlos an der Schulter. »Bloß nicht! Du hast im Schlaf geweint und unverständliches Zeug geredet.«

Das war also des Rätsels Lösung.

Sie richtete sich auf und rieb sich die Augen.

»Was hast du denn so Schreckliches geträumt?«, fragte er.

Nachdenklich runzelte sie die Stirn.

»Von einem jungen Mädchen und einem Mann, die heftig ineinander verliebt waren«, sagte sie schließlich. »Aber man hat ziemlich brutal versucht, sie auseinanderzubringen.«

Das war nicht mal gelogen. Trotzdem war es von der Wahrheit meilenweit entfernt, dachte sie traurig. Aber was sollte sie machen?

Zum Glück fragte Tobias nicht weiter nach. »Mal was anderes«, sagte er stattdessen und setzte sich neben sie aufs Bett. »Eben hat mich Friedberg angerufen. Sein Freund Sepp wird uns nach dem Mittagessen mit der Kutsche zum Neuen Schloss bringen.«

Irritiert schüttelte er den Kopf und fügte hinzu: »Unser guter Dr. Friedberg hat wohl immer noch Angst, dass ich es zu Fuß nicht bis dorthin schaffe.«

»Vielleicht will er aber auch einfach nur nett sein«, meinte Regina. »Wahrscheinlich macht es ihm ziemlich viel aus, dass uns ausgerechnet auf ,seiner' Herreninsel jemand so brutal angegriffen hat.«

Vielleicht lag es aber auch daran, dass sie ihm genauso gut gefiel wie er ihr, dachte sie.

Aber sie schob den Gedanken ganz schnell wieder beiseite.

*

Pünktlich um vierzehn Uhr wartete die Pferdekutsche vor dem Chorherrenstift.

Regina war Sepp wirklich dankbar, denn sie hatte längst gemerkt, welche Schmerzen Tobias immer noch hatte. Außerdem freute sie sich, dem netten Kutscher noch einmal zu begegnen.

Als sie ihn sah, musste sie wieder an seinen Kollegen aus ihrem Traum denken. Ob er Sepps Vorfahr gewesen war?

Den ganzen Vormittag über war dieser Traum ihr nicht aus dem Kopf gegangen. Zu König Ludwigs Lebzeiten war alles genauso passiert, wie sie es erlebt hatte. Davon war sie fest überzeugt. Und ihr Verdacht, dass ihre Visionen und Träume ihr eine Botschaft übermitteln sollten, die mit ihrer Suche nach dem Geheimgang zusammenhing, wurde immer stärker. Aber stammte diese Botschaft wirklich von König Ludwig selbst? Und was versuchte er ihr zu sagen?

Ihr Leben bestand nur noch aus Fragen, dachte sie bedrückt.

Sepp war vom Kutschbock gestiegen, schüttelte ihnen herzlich die Hand und half ihnen beim Einsteigen. Dann ging es los, zuerst im Schritt, danach in flottem Trab über die Allee und anschließend durch den Wald zum Neuen Schloss.

Regina sah Friedberg auf der breiten Freitreppe stehen, und ihr wurde warm ums Herz.

»Wie schön, dass Sie da sind«, begrüßte er sie gut gelaunt und führte sie durch einen Seiteneingang in den unfertigen Bereich des Nordflügels.

Regina ging hinter den beiden her und musterte die nackten Ziegelsteinmauern der fast leeren Räume.

Welche Unsummen es verschlungen hätte, auch hier noch alles mit vergoldeten Ornamenten, kostbaren Gemälden, marmornen Statuen und wertvollen Möbeln auszustatten, dachte sie.

Nun glaubte sie den Bauherrn dieses Märchenpalastes ja ein wenig zu kennen, aber seine merkwürdige, absolut unvernünftige Prunksucht konnte sie sich immer noch nicht erklären. *Etwas* an all dieser Pracht musste ihm enorm wichtig gewesen sein. Aber was?

Friedbergs Stimme riss sie aus ihren Gedanken. »Was meinen Sie, Dr. Hofrichter? Wie gehen wir am besten vor?«

Tobias wiegte den Kopf. »Der Eingang muss hinter einer der Wände liegen. Wahrscheinlich führt eine Treppe oder eine Rampe zu dem eigentlichen Tunnel hinunter.«

»Wenn der König den Tunnel wirklich als Versteck genutzt hat, muss er das Tor dazu irgendwie gekennzeichnet haben«, vermutete Regina. »Er selbst wollte es ja wiederfinden.«

»Das wäre logisch«, meinte Tobias. »Es bleibt uns wohl nichts anderes übrig, als sämtliche Wände bis kurz über Kopfhöhe möglichst gründlich abzusuchen.«

Friedberg lächelte. »Das klingt immerhin nach einem Plan.«

Sie kehrten in den ersten Raum zurück, teilten sich auf und begannen, jeden Stein genauestens zu inspizieren. Sogar die Ritzen zwischen den rötlichen Ziegeln tasteten sie mit ihren Fingern ab.

»Warum hat Ludwig II. eigentlich auf eine derart fanatische Weise gebaut?«, fragte Tobias nach einer Weile. »Regina hat mir erzählt, dass er selbst dann nicht damit aufhörte, als er schon bis zum Hals in Schulden steckte. Vernünftig klingt das nicht, oder?«

Friedberg nickte. »Schon zu Lebzeiten des Königs hat man über seine Beweggründe gerätselt. Und vor ein paar

Jahren hat der Münchener Psychiatrie-Professor Hans Förstl sich den 'Fall Ludwig' noch einmal vorgenommen. Er hat nicht nur die Unterlagen studiert, aufgrund derer der König damals für unmündig erklärt wurde, sondern er durfte auch Einsicht in Akten aus dem Archiv der Wittelsbacher, Ludwigs Familie, nehmen. Dadurch hat er neue Erkenntnisse über die immensen persönlichen Probleme gewonnen, die Ludwig gehabt hat.«

»Eine lieblose Erziehung, Schüchternheit und Angst vor öffentlichen Auftritten, Homosexualität ... Der Mann war wirklich schwer geschlagen«, seufzte Tobias.

Friedberg nickte. »An alledem ist er förmlich zerbrochen. Spätestens nach 1871, als Bayern gegen seinen Willen Teil des Deutschen Reiches wurde, begann er regelrecht vor der Wirklichkeit zu fliehen. Etwa um diese Zeit scheint seine Freude am Bauen zu einer wahren Sucht geworden zu sein. Grundsätzlich hat sich das wohl nicht anders ausgewirkt als eine Spielsucht: Er konnte einfach nicht mehr damit aufhören, obwohl er wusste, dass es ihn und seine Familie in den Ruin treiben würde. Gleichzeitig hat er, genauso wie ein Spielsüchtiger, immer mehr den Bezug zur Realität verloren.«

»Er hat also irgendwann gar nicht mehr begriffen, dass er in eine Katastrophe hineinglitt?«, fragte Regina.

»So sieht es aus«, antwortete Friedberg. »Zwei Jahre vor seinem Tod hatte er die für damalige Zeiten ungeheure Summe von 8,25 Millionen Mark Schulden angehäuft. Nur das Darlehen eines Bankenkonsortiums hat ihn im allerletzten Moment vor der totalen Pleite bewahrt.«

»Damit waren seine Schulden aber immer noch nicht bezahlt«, brummte Tobias. »So was kann sich wirklich nur ein König leisten.«

»Nicht einmal ein König«, widersprach Friedberg. »Ludwigs Unvernunft hätte beinahe eine Staatskrise ausgelöst. Sogar das Ansehen der bayerischen Monarchie war in Gefahr.«

Tobias schüttelte den Kopf. »So weit hat er es also kommen lassen. Steckt dahinter nicht mehr als 'nur' eine Sucht?«

Friedberg zog die Augenbrauen hoch. »Allerdings. Professor Förstl ist der Meinung, dass der König an einer schizotypischen Persönlichkeitsstörung gelitten hat.«

Regina unterbrach ihre Arbeit und sah zu ihm hinüber. »Was bedeutet das konkret?«

Friedberg seufzte. »Es gibt eine ganze Anzahl von Symptomen, und am Ende hat unser Ludwig sie wirklich alle gezeigt. Typisch ist zum Beispiel, dass solche Leute ein überzogenes Misstrauen entwickeln. Sie glauben, buchstäblich jeder wolle ihnen schaden, und sie ziehen sich vollkommen von anderen Menschen zurück. Am Schluss hat der König völlig alleine gelebt. Sogar zu seinen Dienern hatte er nur noch den allernötigsten Kontakt.«

Regina schauderte, denn sie musste an die schwere Brüstung im royalen Schlafzimmer denken.

»Außerdem neigen die Erkrankten zu einem skurrilen Verhalten«, fuhr Friedberg fort. »Ludwig etwa war in seinen letzten Jahren fast nur noch nachts wach. Tagsüber hat er geschlafen.«

»Puh«, seufzte Tobias. »Der Mann hat ja gelebt wie ein Vampir.«

»Das kann man wirklich so sagen«, meinte Friedberg. »Er ist sogar mitten in der Nacht in der Kutsche ausgefahren, mit seinen Leibwächtern und seinem Gefolge im Schlepptau. Ich frage mich, was seine Untertanen dachten, wenn sie diese merkwürdige Gesellschaft gesehen haben.«

»Ein Leben in absoluter Einsamkeit und in totaler Dunkelheit. Wie hat er das nur ausgehalten?«, fragte Regina.

Friedberg überlegte kurz. »Er hat fürchterlich unter dem Alleinsein gelitten. Trotzdem hat er es nicht geschafft, aus seinem selbst gebauten Schneckenhaus herauszukommen. Auch, weil er eine im wahrsten Sinne des Wortes wahnsinnige Angst vor Verschwörungen hatte. Zeitweise wollte er sogar einen Geheimbund ins Leben rufen, dessen Mitglieder seine Untertanen heimlich beobachten sollten, um sämtliche Pläne für einen Staatsstreich oder ein Attentat schon im Keim zu ersticken. Zum Glück hat er das nie in die Tat umgesetzt.«

»Der Mann kann einem wirklich leidtun«, brummte Tobias.

»Allerdings«, meinte Friedberg. »Aber das ist noch nicht alles.«

»Oh je! Was kommt denn noch?«, fragte Regina.

Friedberg räusperte sich. »Die Leiche des Königs wurde einer Autopsie unterzogen. Dabei haben die Ärzte festgestellt, dass der Stirn- und der Schläfenlappen seines Gehirns geschrumpft waren. Laut Professor Förstl ist das ein deutlicher Hinweis auf eine Erkrankung, die man heute 'Morbus Pick' oder 'Frontotemporale Demenz' nennt. Anfangs verändern sich bei den Patienten vor allem die Persönlichkeit und das Verhalten gegenüber anderen Menschen.«

»Beides war bei Ludwig doch schon merkwürdig genug«, wandte Tobias ein.

Von wegen Märchenkönig, dachte Regina mitfühlend. Diesem Mann war wirklich gar nichts erspart geblieben.

»Natürlich«, bestätigte Friedberg. »Aber in seinen letzten Monaten muss er für diejenigen, die öfter mit ihm zusammen waren, geradezu unerträglich gewesen sein. Vor allem seine Diener und seine Leibwächter waren arm dran, denn er war ihnen gegenüber entsetzlich aggressiv, hat sie geschlagen und schwer gedemütigt.«

»Aber er war doch ein erklärter Pazifist«, protestierte Regina.

»Absolut«, bestätigte er. »Und er hat viel Geld für soziale Zwecke ausgegeben, sogar, als er schon hoch verschuldet war. *Eigentlich* hat ihm jeder Einzelne seiner Untertanen am Herzen gelegen. Im Grunde wollte er sein Volk einfach nur glücklich machen. Aber im Laufe der Jahre war er zunehmend weniger in der Lage, seine Absichten in die Tat umzusetzen.«

Reginas Herz krampfte sich zusammen. Vor ihrem inneren Auge sah sie Ludwig, der sich todesmutig durch die Menge der aufgehetzten Hochzeitsgäste drängelte, um zwei verliebten jungen Menschen zu ihrem Glück zu verhelfen.

»Der Mann war eben … krank«, meinte Friedberg. »Schwer krank sogar, wenn Sie mich fragen.«

»Man hat ihn also zu Recht entmündigt«, stellte Tobias fest.

»So einfach kann man das nicht sagen.« Friedberg trat einen Schritt zur Seite, und dabei fiel sein Blick auf die Uhr. »Oh, schon so spät? Dann muss ich mich jetzt dringend auf den Weg machen. Gleich habe ich einen Termin in Seeon. Wie lange werden Sie hier wohl noch brauchen?«

Tobias überlegte kurz. »In zwei Stunden werden wir hoffentlich fertig sein.«

»Alles klar«, meinte Friedberg. »Es wird ja früh dunkel, und ich möchte nicht, dass ungebetene Besucher hier herein kommen. Darum werde ich die Türe abschließen. Warten Sie …«

Er zog einen kleinen Block und einen Kugelschreiber aus der Hosentasche, notierte etwas und drückte Regina den Zettel in die Hand. »Hier ist die Telefonnummer des Hausmeisters. Ich werde ihm noch schnell Bescheid sagen, und wenn Sie ihn anrufen, ist er innerhalb von fünf Minuten bei Ihnen und lässt sie hinaus. Viel Glück bei der Suche!« Eilig ging er zur Türe.

Versonnen sah Regina ihm nach.

Tobias kam zu ihr und nahm sie in den Arm. »Warum schaust du denn so traurig?«

Sie legte den Kopf an seine Schulter. »Ich habe darüber nachgedacht, wie furchtbar dieser König Ludwig gescheitert ist. Und ich habe mich gefragt, wie lange er wohl in der Lage war, sein Leben in eine andere Richtung zu lenken.«

Nachdenklich rieb Tobias sich den Bart. »Vielleicht konnte er das gar nicht. Die Last, die er zu tragen hatte, war von Anfang an zu groß. Egal, wie schlimm es am Schluss mit ihm gekommen ist, er war nicht wirklich dafür verantwortlich. Und er tut mir fürchterlich leid.«

Mit einem Seufzer löste sich Regina von ihm und steckte den Zettel in die Hosentasche. »Ja, mir auch.«

»Aber die Bilanz seines Lebens ist doch eigentlich gar nicht so schrecklich«, tröstete er sie. »Immerhin hat er uns seine fantastischen Schlösser hinterlassen. Menschen aus der ganzen Welt kommen hierher, um sie zu sehen; sie sind sogar die größten Touristenmagnete in ganz Bayern. Diese Bauten sind den Menschen von König Ludwig II. in Erinnerung geblieben. Ihretwegen verehren ihn manche sogar regelrecht. Sein merkwürdiges Wesen oder besser seine *Krankheiten* spielen dagegen kaum noch eine Rolle.«

»Für ihn selbst macht das aber keinen Unterschied, oder?«, fragte sie.

Tobias zuckte die Schultern. »Wer weiß …«

DIE STIMME DES VERHÜLLTEN

Tobias hatte sich wohl geirrt. Mehr als drei Stunden lang hatten sie sämtliche Wände abgesucht, aber nichts gefunden, was auf einen Tunnel hingedeutet hätte.

Müde lehnte Tobias nun an einer der Mauern im hintersten Raum.

»Was ich in Rosenheim herausgefunden habe, ist eindeutig«, sagte er. »Auf der Herreninsel *muss* es einen Tunnel geben. Und ich gehe jede Wette ein, dass der Eingang unter diesem Teil des Schlosses liegt.«

»Vielleicht haben ihn damals ein paar Handwerker einfach zugeschüttet«, meinte Regina. »Der Zugang könnte so schmal gewesen sein, dass sie ihn für ein normales Loch gehalten und nicht mal ihrem Chef Bescheid gesagt haben.«

Tobias seufzte. »Wahrscheinlich hast du recht. Auch der Zugang auf der Fraueninsel war ja sehr eng. Man brauchte nur ein Fass darüber zu stellen, um ihn zu verbergen.«

Regina nahm ihn in den Arm und drückte ihn vorsichtig. »Immerhin haben wir es versucht. Und wenigstens weiß die Schlösserverwaltung jetzt Bescheid. Irgendwann finden sie vielleicht doch noch eine Spur.«

»Ja klar«, murmelte er. »Nur liegen wir bis dahin bestimmt schon unter der Erde.«

Regina kramte in ihrer Jackentasche, um ihr Smartphone und Friedbergs Zettel herauszuholen. »Jedenfalls werde ich jetzt den Hausmeister anrufen, damit er uns hier rauslässt.«

Sie tippte die Nummer ein und hielt das Telefon ans Ohr.

Es tutete.

Und tutete.

Und tutete immer weiter.

Als Tobias ihr einen fragenden Blick zuwarf, schaltete sie das Handy aus. »Es geht keiner ran.«

»Wahrscheinlich ist der Mann gerade auf der Toilette oder im Keller«, mutmaßte Tobias.

Regina steckte das Telefon wieder ein. »In ein paar Minuten versuche ich es wieder. Aber sag mal, wie geht's eigentlich deinen Prellungen?«

»Ein kleines bisschen besser«, antwortete Tobias. »Die Kopfschmerzen sind zum Glück ganz weg. Im Grunde hab ich richtig Glück gehabt.«

Regina kuschelte sich wieder an ihn. »Und ich erst. Das verdanke ich dir.«

Eine Weile standen sie so da, dann zog sie ihr Handy erneut hervor und wählte noch einmal.

Wieder ging am anderen Ende niemand ran.

Tobias verdrehte die Augen.

Wieder und wieder rief Regina den Hausmeister an – ohne Erfolg.

»Ich fürchte, er hat uns vergessen und sein Diensthandy stumm geschaltet«, sagte sie resigniert.

»Wahrscheinlich. Aber vielleicht können wir ja durch eines der Fenster rausklettern«, meinte Tobias.

Zu ihrer großen Bestürzung mussten sie feststellen, dass die Fenster so gesichert waren, dass sie sich auch von innen nicht öffnen ließen.

»So ein Mist«, schimpfte Tobias, nachdem sie sämtliche Räume noch einmal durchgegangen waren.

»Wenigstens muss die Schlösserverwaltung nicht befürchten, dass hier eingebrochen wird«, versuchte Regina Tobias aufzumuntern. Dabei war sie ebenso todmüde und mit den Nerven am Ende wie er. Ihr letzter Strohhalm war, Maxi anzurufen, damit diese den Hausmeister verständigen konnte. Aber Maxi ging ebenfalls nicht an ihr Handy.

»Scheint unser Pechtag zu sein«, knurrte Tobias.

»Und die Mobilnummer von Friedberg kennen wir nicht«, seufzte Regina.

»Der hat wahrscheinlich einfach vergessen, dem Hausmeister Bescheid zu sagen«, murmelte Tobias.

»Glaub ich nicht«, widersprach Regina. »Der Mann kommt mir sehr zuverlässig und korrekt vor. Er ist einfach nicht der Typ, uns so hier sitzen zu lassen.«

»Kann schon sein«, gab Tobias zu. »Aber das hilft uns jetzt auch nicht weiter.«

»Ich fürchte, wir werden in diesem alten Gemäuer übernachten müssen«, brummte Regina.

»So alt ist es doch gar nicht«, meinte Tobias.

»Für einen Archäologen vielleicht nicht«, sagte sie. »Aber ich finde es hier ziemlich trostlos und sogar ein bisschen unheimlich.«

Tobias zuckte die Achseln. »Ich hab vor allem Hunger.«

Regina kramte aus ihrer Tasche einen zerknautschten Schokoriegel hervor. »Bitte schön. Den hab ich letzte Woche auf dem Pausenhof zwei Fünftklässlern abgenommen, die sich darum gebalgt haben. Ich will auch gar nichts davon abhaben. Eigentlich will ich nur so schnell wie möglich hier raus.«

»Ja, ich auch«, sagte Tobias und nahm den Riegel entgegen. »Vielen Dank, du bist ein Schatz.«

Als er hineinbiss, ging das Licht aus.

»Auch das noch!«, stöhnte Tobias. »Bestimmt ist das so eine Zeitschaltuhr, die im ganzen Schloss die Lichter ausknipst.«

Regina spürte Tobias neben sich herumnesteln. Dann erleuchtete das schwache Licht einer Taschenlampe den Boden vor ihren Füßen. »Eigentlich hab ich die mitgenommen, weil ich hoffte, wir könnten damit den Geheimgang untersuchen.«

Er humpelte zum nächsten Lichtschalter, doch als er darauf drückte, tat sich nichts.

Schaudernd sah sich Regina in dem zwielichtigen Halbdunkel um. Sie war heilfroh, als Tobias ihre Hand nahm.

»Weißt du was?«, meinte er. »Wir suchen uns jetzt einen halbwegs gemütlichen Platz zum Übernachten.«

Er führte sie zielsicher in den vorletzten Raum zurück. An einer der Längsseiten, gegenüber von einer merkwürdigen Statue, einem nackten, männlichen Engel mit einem Schwert in der Hand, lagen einige dicke Wolldecken hinter drei großen Kisten.

»Na also, wusste ich es doch«, sagte Tobias erleichtert. »Die geben doch eine ganz brauchbare Zudecke ab, oder? Wahrscheinlich hat man früher mal irgendwelche Gemälde darin eingewickelt.«

»Und jetzt kuscheln wir uns hinein.« Regina legte sich hin und zog sich eine der Decken bis zum Kinn hoch.

Mit einem leisen Ächzen streckte Tobias sich neben ihr aus. »Ich mache die Taschenlampe jetzt besser aus, damit sie funktioniert, wenn wir sie nochmal brauchen, okay?«

»Einverstanden«, murmelte Regina. »Schlaf schön.«

Dass er seinen Arm um sie legte, war das letzte, was sie mitbekam.

*

Erschrocken schnappte Regina nach Luft. Sie saß in einem Ruderboot, das über einen See glitt. Es regnete in Strömen, und sie hatte keine Ahnung, wo sie sich befand.

Trotz des heftigen Regens konnte sie in einiger Entfernung die Umrisse eines Schlosses erkennen, mit von Zinnen gekrönten Türmchen an den Seiten. So ein Schloss gab es auf der Herreninsel ganz sicher nicht.

Hinter sich hörte sie Stimmen, und sie drehte sich hastig um. Mit ihr im Boot saßen Ludovica und Gero, beide vom Regen völlig durchnässt. Doch das schien sie nicht übermäßig zu stören.

Sie war wieder in der Vergangenheit. Aber wenigstens war sie mit Menschen unterwegs, die sie in gewisser Weise schon kannte. Doch irgendetwas stimmte nicht, denn die Anspannung der beiden war so groß, dass sie sie beinahe körperlich spüren konnte.

»Als man seine Majestät hierher verschleppte, haben deine Freunde von der Leibwache sofort eine Nachricht zum Gut Eschleben geschickt«, sagte Ludovica zu Gero, der das Boot mit kräftigen Ruderschlägen voranbrachte. »Der Brief kam bei mir an, als ich schon dabei war, meine Sachen zu packen. Wahrscheinlich habe ich sogar noch früher Bescheid gewusst als du. Ein Glück nur, dass ich dich noch vor deiner Weiterreise nach München angetroffen habe!«

Ludovica hatte sich verändert, fand Regina. Sie wirkte nun nicht mehr wie ein siebzehnjähriges Mädchen, sondern wie eine erwachsene junge Frau.

»Ausgerechnet Ludwigs geliebtes Schloss Berg ist nun zu seinem Gefängnis geworden«, schnaufte Gero. »Fragt sich nur: Wie können wir ihm helfen?«

Regina atmete auf.

Jetzt wusste sie, wo sie war: Schloss Berg lag am Starnberger See, und wahrscheinlich war es sogar das Gebäude, das sie ein ganzes Stück oberhalb des Ufers sehen konnte.

Im nächsten Moment durchfuhr die Erkenntnis sie wie ein Blitz: Dort war König Ludwig II. ertrunken!

Aber das hieß doch …

Nein, dachte sie. Ich will nicht zusehen, wie er stirbt.

Entsetzt klammerte sie sich an der feuchten Bootswand fest und atmete ein paarmal tief durch.

Da hörte sie Ludovica fragen: »Wie in aller Welt konnten sie es wagen, den rechtmäßigen König von Bayern abzusetzen?«

Gero räusperte sich. »Meine Kameraden von der Leibwache haben mich um absolutes Stillschweigen gebeten. Darum habe ich dir nie gesagt, was sie mir anvertraut haben. Nun aber sollst du es wissen.«

Regina spitzte die Ohren.

»Bei unseren Besuchen ist uns ja schon aufgefallen, dass das Verhalten seiner Majestät mit der Zeit immer merkwürdiger wurde«, begann er.

Ludovica nickte. »Wir hatten allen Grund, uns Sorgen um ihn zu machen. Es ist auch kein Wunder, dass seine Untertanen mit ihm unzufrieden sind. Schließlich haben sie ein Recht darauf, ihren König wenigstens ab und zu einmal zu Gesicht zu bekommen. Aber er hat sich ihnen seit einer halben Ewigkeit nicht mehr gezeigt.«

Ihr Boot war nun dicht am Ufer. Gero hörte auf zu rudern und wischte sich den Regen vom Gesicht. »Was du aber nicht weißt, ist, dass sein eigenartiges Benehmen zuletzt unerträglich geworden ist. Die Diener und alle, die sich öfter in seiner Nähe aufhielten, hat er entsetzlich schlecht behandelt. Seine Wutausbrüche waren fürchterlich, und sie überkamen ihn immer öfter. Dann wurde er vollends unberechenbar, sogar seine Leibwächter hat er geschlagen und vor aller Augen schwer gedemütigt. Am Ende durfte man ihm nicht einmal mehr in die Augen schauen, ohne schwer bestraft zu werden.«

Entsetzt schlug Ludovica die Hand vor den Mund.

Du meine Güte! Der Mann war eindeutig nicht mehr zurechnungsfähig gewesen, dachte Regina.

Gero seufzte. »Du weißt ja, wie schwer es mir gefallen ist, meinen Dienst am Königshof zu quittieren. Inzwischen bin ich aber heilfroh, dass ich es getan habe. Da unterstütze ich dich doch lieber bei der Verwaltung deines Gutes, als mich *so* von unserem König behandeln zu lassen, dem wir beide immerhin unser Glück verdanken.«

»Was ist denn nur in ihn gefahren?«, fragte Ludovica. »Eigentlich war er doch so ein freundlicher, mitfühlender Mensch.«

»Ach, meine Liebe, das ist leider noch nicht alles«, sagte Gero. »Vor ein paar Wochen hat Ludwig seinen Ministern befohlen, seine horrenden finanziellen Ausstände mit staatlichen Geldern zu begleichen.«

»Er wollte also, dass das Volk seine privaten Schulden bezahlt«, sagte Ludovica kopfschüttelnd. »Aber dazu hat er doch überhaupt kein Recht! Das klingt ja so, als wäre er tatsächlich verrückt geworden.«

Hilflos breitete Gero die Arme aus. »Davon ist inzwischen wirklich jeder in seiner Umgebung überzeugt.«

Ludovica nickte. »Kein Wunder, dass du darüber nicht reden durftest. War es unter solchen Bedingungen denn nicht völlig richtig, dass man ihn für unmündig erklärt hat?«

»Aber doch nicht so!« Geros Stimme war lauter geworden. »Der zuständige Psychiater, Professor von Gudden, hätte ihn nach dem Gesetz unter allen Umständen persönlich begutachten müssen. Stattdessen hat er seine Diagnose ausschließlich aufgrund von Akten und Zeugenaussagen getroffen. Und nach einer rechtsgültigen Diagnose hätte man seine Absetzung und Entmündigung nur im Rahmen eines Gerichtsprozesses vollziehen dürfen.«

Regina zog die Augenbrauen hoch. Das hatte sie allerdings nicht gewusst.

»Stattdessen hat man ihn in einer Nacht- und Nebelaktion entführt und gefangengesetzt«, fuhr er fort. »Vermutlich befürchtete man, dass große Teile der Bevölkerung zu ihrem König stehen und Unruhen anzetteln würden.

Außerdem hätten die Könige der anderen Staaten mit Sicherheit Protest eingelegt. Mit den meisten ist er ja verwandt, und die übrigen hätten schlichtweg Angst gehabt, dass man mit ihnen irgendwann genauso umspringen könnte.«

»Trotzdem ergibt das keinen Sinn«, murmelte Ludovica nachdenklich. »Wenn das Vorgehen widerrechtlich ist, kann man den König höchstens für ein paar Tage festhalten. Und sobald er wieder freikommt, wird er alle Beteiligten schwer bestrafen. Also: Was soll das Ganze?«

Hilflos schüttelte Gero den Kopf. »Wenn ich es denn wüsste!«

Für einen Moment herrschte Stille, dann rief Ludovica aus: »Gütiger Himmel! Sie werden ihn umbringen!«

Entsetzt sah Gero sie an. »Du hast absolut recht. Danach werden seine Mörder die Sache so darstellen, als sei sein Tod ein Unfall oder gar Selbstmord gewesen. Denn das wäre ihre einzige Möglichkeit, mit heiler Haut aus dieser Sache herauszukommen.«

In ihrem Reiseführer hatte tatsächlich gestanden, dass der König sich umgebracht hatte, fiel Regina ein. Angeblich war er immer tiefer in den See hineingewatet und schließlich ertrunken. Aber …

Erschrocken schnappte sie nach Luft.

Diese Version konnte gar nicht stimmen, denn Ludwig war ein sehr guter, trainierter Schwimmer gewesen. Aber das hieß doch …

118

Es bedeutete, dass sie nun Zeugin eines Mordes werden würde.

Ich will weg von hier, dachte sie und sah sich gehetzt um. Aber da war nur das Ufer, an dem König Ludwig zu Tode gekommen war.

»Wir müssen ihn da herausholen, so schnell wie möglich«, sagte Ludovica mit erzwungen ruhiger Stimme.

»Aber wie?« Ratlos schüttelte Gero den Kopf.

Da sprang Ludovica so heftig auf, dass das Boot ins Schaukeln geriet und zeigte auf den See. »Dort treibt etwas! Es sieht aus wie ein Körper!«

Sofort begann Gero mit aller Kraft zu rudern.

Reginas Kehle schnürte sich zu. Da schwamm tatsächlich etwas an der Wasseroberfläche, das die Gestalt eines großen Menschen hatte.

Als sie begriff, was das bedeutete, wurde sie steif vor Schreck.

Gero brauchte nur wenige Ruderschläge, dann hatte er mit dem Boot den Körper fast erreicht.

Es war tatsächlich …

»Majestät!« Ludovica beugte sich über den Rand des Kahns, ergriff Ludwigs Hand und stieß einen erleichterten Seufzer aus. »Gott sei Dank, er lebt! Aber sieh mal: Er blutet stark.«

Der König war weiß wie ein Leichentuch. Doch als er ihre Stimme hörte, öffnete er die Augen.

»Wartet, ich helfe Euch, Majestät.« Gero stand vorsichtig auf, ließ sich ins Wasser gleiten und stellte fest, dass er an dieser Stelle noch gut stehen konnte. Beherzt schob er König Ludwig seinen linken Arm unter Kopf und Schultern.

»Jetzt holen wir Euch aus dem Wasser«, erklärte er ihm in beruhigendem Tonfall und wollte schon mit dem König durch das hüfthohe Wasser Richtung Ufer waten.

»Es hat keinen Sinn«, sagte da der König leise. »Ich … verblute.«

»Ihr dürft nicht aufgeben!«, flehte Ludovica ihn an. »Wir bringen Euch zu einem Arzt. Der wird Euch retten.«

Ludwig sah sie an, und sein Mund verzog sich zu einem traurigen Lächeln. »Zu spät. Aber bitte hört mir zu. Es soll doch jemand wissen, was wirklich geschehen ist.«

»Ihr werdet nicht sterben!«, rief Ludovica flehentlich, doch der tieftraurige Blick, den Gero ihr zuwarf, ließ sie innehalten.

»Von Gudden hat mich umgebracht«, flüsterte der König.

»Der … der königliche Obermedizinalrat?«, stieß Gero hervor.

»Ja«, versicherte Ludwig. »Er hat das Wachpersonal weggeschickt. Das hat mich zwar gewundert, aber ich habe nicht damit gerechnet, dass … dass er einen Dolch ziehen würde.«

Du meine Güte, dachte Regina.

Ludwig hatte innegehalten, um tief durchzuatmen.

»Ich konnte mich noch wegdrehen, aber sein Messer traf mich in den Bauch. Dann bin ich zum See gerannt, um wegzuschwimmen. Aber er hat mich eingeholt, als ich ... schon durchs Wasser watete. Ich ... habe mich gewehrt, ihm das Messer entrissen und ihn gewürgt, bis er ... bewusstlos war. Dann bin ich ... losgeschwommen. Aber es ... war zwecklos.«

In Geros Augen funkelte der Zorn. »Wisst Ihr, wer dahintersteckt?«

»Ich ahne es. Aber schwört mir, darüber Schweigen zu bewahren! Sonst werden sie auch Euch umbringen. Ihr müsst mich im Wasser liegen lassen, wenn ich tot bin. Sonst werden sie Euch ... als meine Mörder anklagen.«

Gero tauschte einen bedeutungsvollen Blick mit Ludovica und nickte. »Ja, wir schwören es.«

Ludwig brauchte einen Moment, bis er weitersprechen konnte. »Es waren meine Minister, denke ich. Zumindest ein paar. Und vielleicht einige Mitglieder meiner Familie. Sie wollten mich loswerden wie ... einen ungehorsamen Hund.«

Nun rang er regelrecht nach Luft und fing heftig an zu zittern.

Reginas Herz krampfte sich zusammen.

Ludovica kämpfte mit den Tränen. »Diese Leute haben ein schweres Verbrechen begangen. Ihr seid doch der gekrönte ... unser *geliebter* König.«

»Weine nicht! Es ist gut so«, keuchte Ludwig. »Mein Leben ... war nicht mehr lebenswert. Und ich war ... meinem Volk kein guter König.«

»Ihr habt getan, was Ihr konntet. Ganz sicher«, schluchzte Ludovica.

»Es war … nicht genug«, flüsterte Ludwig.

»Die Last war zu schwer für Euch«, sagte Gero. »Auch ein König ist nur ein Mensch.«

Regina war sich nicht sicher, ob der Sterbende dessen Worte noch gehört hatte. Es hatte den Anschein, als habe er das Bewusstsein verloren.

Doch dann öffnete er seine Augen wieder und sah Gero eindringlich an. »Mein letzter Wille«, keuchte er. »Ich habe ihn durch einen Boten an Euch geschickt, kurz bevor sie … mich holten.«

Wieder musste er innehalten; sein Atmen kam nur noch flach und stoßweise. »Bitte … seht zu, dass er vollzogen wird. Wer sollte … das sonst tun?«

Seine Worte trafen Regina so tief ins Herz, dass auch sie zu weinen begann.

»Das versprechen wir Euch bei allem, was uns heilig ist«, beteuerte Gero.

»Erinnert Ihr Euch daran, wie Ihr mich zum Altar geführt habt?«, fragte Ludovica. Ihre Stimme klang nun wieder ganz ruhig und liebevoll, beinahe zärtlich.

Die Augen des Königs leuchteten auf. Dann begannen seine Lider unkontrolliert zu flattern.

»Damals habt Ihr uns gerettet«, sagte sie. »Ihr wart so unglaublich tapfer!«

Noch einmal sah Ludwig sie an. Dann schloss er die Augen.

Gero wartete noch ein wenig, bevor er mit belegter Stimme sagte: »Er hat nun endgültig das Bewusstsein verloren. Jetzt wird es nicht mehr lange dauern.«

*

Was war das?, fragte sich Regina schwerfällig.

Nur langsam wurde ihr klar, dass jemand sie an der Schulter rüttelte.

»Ich hab ja keine Ahnung, warum du schon wieder im Schlaf weinst. Aber hör um Himmels auf zu schluchzen!«, flüsterte Tobias mit flehentlicher Stimme.

Mühsam öffnete sie die Augen. Aber das half nichts, denn es war stockdunkel.

»Reg' dich doch nicht so auf«, brummte sie unwillig.

»Sei still, um Himmels willen!«, wisperte er.

Sein gehetzter Tonfall ließ sie richtig wach werden.

Ihr Gesicht war tatsächlich ganz nass vor lauter Tränen.

Schnell wischte sie sich mit dem Ärmel über die Augen.

Sie war also wieder in der Gegenwart. Aber warum lag sie nicht in ihrem Schlafsack?

Als sie sich aufrichtete, wusste sie schlagartig wieder, warum: Sie und Tobias waren im Neuen Schloss eingesperrt, weil der Hausmeister sie dort vergessen hatte.

»Psst!«

Herrgott nochmal, was sollte denn schon sein, dachte sie.

Dann hörte sie es auch: ein Scharren. Verhaltenes Ächzen. Etwas wie einen Seufzer. Schließlich leise Schritte.

Sie schauderte. Und das mitten in der Nacht! War das etwa …?

Nimm dich zusammen, ermahnte sie sich. Das war vermutlich der Hausmeister, der sie nun endlich aus diesem gruseligen Gemäuer befreien würde.

Inzwischen klang es allerdings so, als wäre er nicht allein.

Seltsamerweise kamen die Geräusche aus dem allerletzten Raum, von dem gar keine Tür nach draußen führte.

Regina sah ein schwaches Licht. Es zuckte und flackerte und wurde immer heller, ganz so, als würde nebenan jemand eine Kerze nach der anderen anzünden.

Angst kroch in ihren Körper wie ein giftiger Wurm.

Was waren das für Leute, und was suchten sie hier?, fragte sie sich.

Steif vor Furcht kniete sie sich neben Tobias, der durch einen Spalt zwischen zwei Kisten spähte.

Merkwürdig wabernde Schatten fielen auf den Boden und bewegten sich langsam vorwärts.

Sie schienen gar keine Beine zu haben. Beinahe sah es so aus, als würden sie schweben …

Der giftige Wurm hatte Reginas Magen erreicht, wand sich um diesen herum und drückte zu. Nur mit Mühe widerstand sie dem Drang, sich zu übergeben.

»Was ist das?«, murmelte Tobias neben ihr kaum hörbar.

Reginas erschrak dermaßen, dass sie ihre Übelkeit schlagartig vergaß. Schlief sie immer noch und das hier war nur ein Alptraum?

Eine düstere Prozession betrat den Raum. Die Teilnehmer trugen lange, schwarze Gewänder und spitze, dunkle Kapuzen, die nur ihre Augen freiließen. Selbst ihre Hände, die brennende Fackeln hielten, steckten in langen schwarzen Handschuhen.

Vor der Statue des nackten Engels mit dem Schwert stellten sie sich in einem Halbkreis auf. Dann senkten sie feierlich die Köpfe und rezitierten im Chor: »Media vita in morte sumus.«

Verwirrt runzelte Regina die Stirn.

»Mitten im Leben sind wir vom Tod umgeben«, raunte Tobias ihr zu.

Ein eisiger Schauer lief ihr über den Rücken.

Zwei, drei Atemzüge lang hörte sie nur das leise Knistern der Fackeln. Dann trat einer der Verhüllten in den Kreis und stellte sich vor die merkwürdige Statue. Langsam schweifte sein Blick über die unheimlichen Gestalten, bis er an einer von ihnen hängen blieb. Mit tiefer Stimme fragte er: »Komtur, hast du deine Aufgabe erfüllt?«

Der Angesprochene trat einen Schritt nach vorne. »Ja, Meister Connetable. Ich habe die Familie der Wittelsbacher noch einmal angeschrieben. In meinem Brief habe ich sie nachdrücklich dazu aufgefordert, den Sarg unseres hochverehrten Königs Ludwig II. in ihrer Familiengruft in der Münchner Michaelskirche öffnen zu lassen, damit endlich bewiesen werden kann, dass der Leichnam Seiner allergnädigsten Majestät nicht darin liegt. Aber man hat meiner Bitte erneut nicht stattgegeben.«

Regina traute ihren Ohren nicht. Diese merkwürdigen Leute sprachen von König Ludwig in einem Tonfall, als wäre er ein Heiliger. Und sie glaubten ernsthaft, dass seine Leiche nicht in seinem offiziellen Grab lag!

Der sogenannte Meister Connetable nickte. »Das war zu erwarten. Aber es war unsere Pflicht, es noch einmal zu versuchen. Ich danke dir, Bruder!«

Der Mann neigte seinen Kopf und trat wieder in den Halbkreis zurück.

Die Augen des Connetable wanderten zu einem anderen Verhüllten. »Und du, Komtur? Hast du deine Suche fortgesetzt?«

Der Genannte trat vor. »Ja, Meister. Ich habe weiterrecherchiert und sogar Zugang zum geheimen Hausarchiv der Wittelsbacher erhalten. Aber vom wahren Mausoleum unseres gnädigen Königs habe ich nirgendwo auch nur eine Spur gefunden.«

Reginas Herz klopfte ihr bis zum Hals.

Das konnte doch einfach nicht wahr sein: Die Stimme dieses Komturs kannte sie! Vielleicht wurde sie durch die Kapuze ein wenig verzerrt, doch Regina war sich beinahe sicher, dass es die Stimme von Dr. Friedberg war.

Sie sah zu Tobias hinüber. Doch der lauschte nur gebannt der obskuren Versammlung.

Die Verhüllten hatten hörbar enttäuscht miteinander geflüstert, doch nun wurde es wieder still, und der vorgetretene Komtur erhob noch einmal seine Stimme. »Dennoch sind wir unserem Ziel wahrscheinlich ein Stück nähergekommen. Ich habe erfahren, dass ein Mitarbeiter der Archäologischen Staatssammlung im Bereich des Neuen Schlosses nach einem mittelalterlichen Geheimgang sucht. Es gibt gute Gründe zu der Annahme, dass unser großer König dort etwas Wichtiges unterbringen ließ. Wir ahnen wohl alle, was das sein könnte.«

Erneut wurde es unruhig unter den Verhüllten. Und Reginas Gedanken begannen sich zu überschlagen. Der Komtur wusste ja bestens über sie Bescheid. Auch das sprach dafür, dass es sich bei dieser Gestalt um Dr. Friedberg handelte. Und sollte sie sich geirrt haben, so stand nach dessen Worten zumindest eines fest: Sie wurden beobachtet.

Der Connetable räusperte sich, und sofort wurde es wieder still. »Das wahre Grab unseres großen Königs könnte also in diesem Schloss, sozusagen direkt unter unseren Füßen liegen. Kannst du darüber noch mehr in Erfahrung bringen?«

Sein Gegenüber hob die Hände. »Ich werde alles daransetzen. Vielleicht weiß ich morgen schon mehr.«

Sein Gegenüber nickte. »Dank dir, Bruder. Du hast ausgezeichnete Arbeit geleistet.«

Der Komtur neigte den Kopf und trat zurück auf seinen Platz.

Wieder wählte der Connetable einen der Verhüllten aus. Der trat in die Mitte und verbeugte sich tief.

»Und du, Chevalier?«, fragte sein Meister. »Hat unser Vertrauensmann im Umkreis des Ministerpräsidenten etwas erreicht?«

Regina konnte es kaum fassen: Diese merkwürdigen Leute hatten offenbar Kontakte bis in die höchsten Regierungskreise.

»Nun«, meinte der Angesprochene, »Seine Exzellenz, der Ministerpräsident, ist unserer Idee, ein monumentales Porträt unseres allergnädigsten Friedensfürsten König Ludwig II. in die Kampenwand meißeln zu lassen, durchaus zugetan. Aber, nun ja …«

Regina traute ihren Ohren nicht. Die Verhüllten schienen tatsächlich eine Art bayerisches Mount Rushmore in den Chiemgauer Alpen zu planen, nur eben mit König Ludwigs Konterfei anstelle der Köpfe einiger demokratisch gewählter Präsidenten – und der Bayerische Ministerpräsident war nicht mal dagegen. Unglaublich!

Fragend sah sie zu Tobias hinüber. Doch der warf ihr nur einen entgeisterten Blick zu.

»Tu dir keinen Zwang an, Bruder«, sagte der Connetable, weil der Chevalier nicht weitersprach.

Der räusperte sich und fuhr fort: »Seine Exzellenz befürchtet, unser Projekt würde bei einem Großteil seiner Wähler auf Unverständnis stoßen. Wenn wir noch eine Zeitlang abwarten und unseren Plan der bayerischen Bevölkerung sachte nahebringen würden, hätte es erheblich bessere Chancen, von den Bürgern angenommen zu werden. Er empfiehlt, Plakate mit einem Entwurf des Denkmals an strategisch günstigen Stellen aufzuhängen und entsprechende Postkarten zu verteilen.«

Der Connetable nickte. Dann schaute er in die Runde. »Wie ihr hört, liebe Brüder, haben wir durchaus Chancen. Und ich kann euch versichern: Die Zahl der Geldgeber für das Denkmal nimmt ständig zu. Aber wir müssen noch etwas Geduld haben. Und das werden wir.«

Er sah den Chevalier wieder an. »Dank sei dir, Bruder. Nun ist es deine Aufgabe, die Kontakte ins Staatsministerium weiter zu pflegen und uns auf dem Laufenden zu halten.«

»Das werde ich tun, Meister«, versicherte dieser und zog sich mit einer Verbeugung an seinen Platz zurück.

Die Verhüllten setzten ihr Gespräch noch eine Zeitlang fort. Vor allem diskutierten sie über ihre Forderung nach einer Büste »unseres hochverehrten Königs Ludwig II.« in der Münchner Ruhmeshalle. Schließlich einigten sie sich darauf, in ihren schwarzen Gewändern und mit Transparenten bewehrt für einen Tag die Ruhmeshalle zu besetzen.

Ihre Fackeln waren schon weitgehend heruntergebrannt, als der Connetable zum Abschluss die Arme hob. »Ich danke euch für euer Kommen, Brüder. Wenn erneut der Vollmond scheint, werden wir uns wiedersehen. Unseren neuen Treffpunkt kennt ihr. Möge die Gnadensonne seiner Majestät, unseres allergnädigsten Königs Ludwig, über euren Häuptern leuchten!«

Die Verhüllten verbeugten sich und antworteten: »Wie über deinem, Meister Connetable.« Dann gingen sie, geordnet in Zweierreihen, gemessenen Schrittes zurück in den Raum, aus dem sie gekommen waren.

Verwirrt schaute Regina ihnen nach.

»Wir müssen hinter ihnen her! Sonst sehen wir nicht, wie sie dort hinauskommen«, wisperte Tobias ihr zu.

Als der letzte Verhüllte die Schwelle überschritten hatte, schlichen sie zum Durchgang in den hintersten Raum.

Die Fackeln glommen nur noch schwach. Dennoch erkannte Regina, dass einer der Vermummten sich Richtung Rückwand bewegte und seine rechte Hand auf einen Ziegelstein in der Höhe seines Kopfes legte.

Zuerst hörte sie nur ein leises Scharren. Doch dann schnappte sie verblüfft nach Luft. Irrte sie sich, oder geriet ein Stück der Mauer in Bewegung?

Tatsächlich. Auf Kniehöhe des Mannes tat sich eine quadratische Öffnung auf, gerade groß genug, um sich mit etwas Mühe hindurchzuzwängen.

Regina rief sich ins Gedächtnis, dass die Außenmauer des Schlosses an ihrem Sockel aus großen Steinquadern bestand. Vermutlich hatte sich gerade einer davon zur Seite geschoben.

»Das gibt's doch nicht«, stieß Tobias hervor.

Er hatte leise gesprochen. Trotzdem fuhr einer der Verhüllten herum und sagte: »Moment, ich habe da etwas gehört.«

Regina brach der Schweiß aus.

»Das war bestimmt nur eine Ratte«, meinte einer seiner Kameraden.

»Nein. Es klang eher wie eine leise Stimme«, versicherte der andere und wandte sich um, um dem Geräusch im vorletzten Raum nachzugehen.

Der Mann, der den Ziegel bewegt hatte und soeben durch das Loch kriechen wollte, richtete sich wieder auf. »Ihr könnt ganz beruhigt sein, Brüder. Das Geräusch kam von draußen. Gerade habe ich zwischen den Bäumen ein weißes Pferd davongaloppieren sehen.«

Der Stimme nach musste das der Connetable sein. Und sein Einwand hatte Erfolg: Die Männer wandten sich wieder dem Durchschlupf zu.

Aber der Komtur, der vielleicht Dr. Friedberg war, widersprach: »Auf dieser Insel gibt es kein weißes Pferd, Meister.«

»Tatsächlich?«, wendete der Connetable ein. »Jedenfalls habe ich es soeben ganz deutlich gesehen.« Er bückte sich wieder und spähte noch einmal prüfend nach draußen. Dann kroch er durch die Öffnung.

Als der letzte Vermummte das Schloss verlassen hatte, schob sich das Mauerstück wieder an seinen ursprünglichen Platz zurück.

Regina war so erleichtert, dass sie sich gegen die Wand lehnen musste.

»Uff!«, hörte sie Tobias seufzen.

Da sie sich nicht sicher waren, ob die Verhüllten vielleicht noch einmal zurückkommen würden, warteten sie noch eine Weile ab.

»Wer waren diese Leute?«, flüsterte Regina schließlich.

»Keine Ahnung«, gestand Tobias leise. »Anfangs war ich völlig verblüfft. Ich habe mich ernsthaft gefragt, ob ich nicht vielleicht träume. Aber als sie von uns und unserer Arbeit gesprochen haben, wurde mir doch ziemlich mulmig. Diese Männer haben ihre Fühler sehr weit ausgestreckt, in alle Richtungen. Dabei sind sie uns offenbar sehr nahegekommen.«

Regina schüttelte sich. »Davon kannst du ausgehen. Dieser Komtur, der von uns gesprochen hat ... Seine Stimme klang so wie die von Dr. Friedberg.«

»*Wie bitte?*«, keuchte Tobias entsetzt. »Das ist mir gar nicht aufgefallen. Bist du dir sicher?«

»Nicht ganz«, ruderte sie zurück, »wegen dieser Kapuzen, die die Stimmen mit Sicherheit leicht verzerren. Aber ich halte es für sehr gut möglich.«

»Du meine Güte!«, murmelte Tobias. »Was machen wir denn jetzt?«

Regina dachte kurz nach. Dann sagte sie: »Wir können ihm nicht wirklich etwas verheimlichen, oder? Wenn er das nächste Mal mit dem Hausmeister spricht, wird er herausfinden, dass wir hier eingesperrt waren und ihn mit seinen Kumpanen beobachtet haben – falls er wirklich zu diesen merkwürdigen Leuten gehört.«

»Nicht unbedingt«, widersprach Tobias. »Wir könnten doch behaupten, wir wären durch ein nicht richtig geschlossenes Fenster wieder rausgekommen. Das kann er glauben oder nicht. Jedenfalls kann er sich dann nicht mehr sicher sein, ob wir Bescheid wissen oder nicht.«

Er schaltete seine Taschenlampe ein. »Ich glaube, jetzt können wir endlich raus hier.«

Sie gingen zu jener Wand, die sich für die Vermummten geöffnet hatte.

Mit wild klopfendem Herzen inspizierte Regina den Ziegelstein, den der Connetable bewegt hatte.

»Da ist etwas.« Sie deutete auf einen kleinen Farbklecks, der sich dunkelrot von dem orangebraunen Ziegel abhob.

»Hm«, brummte Tobias. »Man muss schon genau Bescheid wissen, um das zu bemerken.«

»Dann los! Wir sind schon viel zu lange hier.« Regina drückte gegen die dunkelrot markierte Stelle.

»Sogar lange genug, um so etwas wie eine Erscheinung gehabt zu haben«, witzelte Tobias und schaltete die Taschenlampe wieder aus.

Tatsächlich, die Mauer öffnete sich auch diesmal.

Regina kniete sich hin. Als sie den von silbrigem Mondlicht beschienenen Rasen und dahinter die dunklen Bäume sah, erschien ihr das wie ein kleines Wunder.

Sie krochen durch die Öffnung und sahen sich vorsichtig um. Aber im Halbdunkel der Vollmondnacht war niemand zu sehen. Regina tastete die Mauer links und rechts der Aussparung ab, die der geöffnete Steinquader freigelegt hatte. Als sie dabei auf einen leicht aus der Wand hervorstehenden Ziegelstein mit einer kreisrunden Vertiefung in der Mitte stieß, schob sie diesen bündig in die Mauer zurück. Tatsächlich schloss sich, wie von Zauberhand, die Maueröffnung wieder.

Tobias nahm Reginas Hand. »Ab ins Bett!«

»Nichts lieber als das«, flüsterte sie.

Sie gingen ein Stück am Schloss entlang und bogen nach rechts in Richtung Chorherrenstift ab.

Schon nach wenigen Schritten erreichten sie den Wald. Vorsichtig tasteten sie sich den abschüssigen Weg hinab, den Regina im Traum in König Ludwigs Kutsche entlanggefahren war.

Immer wieder sah sie nervös über ihre Schulter.

Nur gut, dass der Mond so hell schien. Die schaurigen Vermummten, der Überfall am vorgestrigen Abend und dann noch der unheimliche Reiter auf dem weißen Pferd …

Hatte der Connetable etwa das Pferd aus ihren Visionen gesehen? Der Komtur mit Dr. Friedbergs Stimme hatte doch gesagt, dass es auf der Insel keine Schimmel gäbe!

Regina atmete tief durch. Sie hatte solche Angst, dass sie am liebsten so schnell wie möglich zum Zeltplatz gerannt wäre. Aber das würde sie nicht tun, um keinen Preis! Tobias hatte nämlich wieder zu humpeln begonnen. Auch seine Schweigsamkeit deutete darauf hin, dass er Schmerzen hatte. Egal, was geschah, sie würde ihn nicht alleine lassen.

Sie ballte ihre verschwitzten Hände zu Fäusten und zwang sich, langsam neben ihm her zu gehen. Doch sie konnte nicht anders, als sich schon wieder umzuschauen.

Aber da war nichts.

Weit vor ihnen schien sich der Wald zu öffnen, und nach ein paar Schritten war sie sich sicher: Dort lag die Wegkreuzung. Nun war es nicht mehr weit bis zu ihrem Zelt.

Ihre Erleichterung war unbeschreiblich.

»He! Wir haben es bald geschafft«, sagte sie.

»Wird auch Zeit«, antwortete Tobias mit zusammengebissenen Zähnen.

Plötzlich blieb Regina stehen. »Auf dem Weg dort liegt etwas.«

Tobias trat neben sie und spähte in das Halbdunkel. »Stimmt. Das könnte ein Sack sein oder ein totes Tier.«

»Wahrscheinlich«, murmelte sie.

Tobias hinkte wieder los, schneller diesmal.

Je näher sie der Kreuzung kamen, umso heftiger pochte Reginas Herz.

Das da vorne war kein Sack, dachte sie schon nach wenigen Schritten. Eher ein Reh oder ein sehr großer Hund oder …

»Du lieber Himmel!«, keuchte Tobias und blieb stehen.

»Denkst du das Gleiche wie ich?«, flüsterte sie.

»Hoffentlich lebt er noch!« Er schaltete seine Taschenlampe ein und ging hastig weiter.

Reginas Herz schlug ihr bis zum Hals. Aber sie zwang sich, ihm zu folgen.

Es schien eine halbe Ewigkeit zu dauern, bis der Lichtschein der Lampe endlich das am Boden liegende Bündel erreichte.

Da lag tatsächlich ein Mann von relativ großer, kräftiger Statur und mit schütteren Haaren. Er trug einen blauen Anorak, eine fleckige braune Arbeitshose und grüne Gummistiefel.

Reglos lag er auf der Seite, und im Schein der Taschenlampe glänzten Stellen von verkrustetem Blut an seinem Hinterkopf.

»Sieht so aus, als hätte ihn jemand niedergeschlagen«, schnaufte Tobias.

So wie uns vorgestern, dachte Regina und sah sich schon wieder um.

»Was ist los?«, fragte Tobias alarmiert.

»Ich will nur ausschließen, dass uns jemand eine Falle gestellt hat«, meinte sie.

Tobias bückte sich und hob mit einem leisen Ächzen einen dicken Ast vom Wegesrand auf.

Schweigend tat Regina es ihm nach.

Dann näherten sie sich vorsichtig der reglosen Gestalt.

Die Augen des Mannes waren weit aufgerissen, und sein Mund stand offen.

Oh nein, bitte nicht, dachte Regina.

Noch drei schnelle Schritte, und sie hatte ihn erreicht, kniete sich hin und tastete nach seinem Puls.

»Er ist tot«, flüsterte sie mit belegter Stimme.

Zwei, drei Atemzüge lang war es still. Dann fragte Tobias: »Bist du dir ganz sicher?«

»Ich keine Ärztin«, antwortete sie. »Trotzdem …«

Wortlos zog Tobias sein Handy aus der Tasche und wählte den Notruf.

IM TOTENREICH

Polizeikommissaranwärter Beckmesser runzelte die Stirn. »Eine unsichtbare Pforte. Männer mit schwarzen Kapuzen, die behaupten, König Ludwigs Leiche läge nicht in ihrem Grab. Diese Leute sollen also Ihrer Meinung nach den Hausmeister des Neuen Schlosses umgebracht haben? Soll ich das wirklich so zu Protokoll nehmen?«

Regina seufzte. Es war früher Morgen, sie hockte in einem Büro der Polizeistation von Prien und war todmüde. Und Tobias saß ein Zimmer weiter, wo er ebenfalls von einem Polizisten vernommen wurde. »Aber ja. Weil es genau so gewesen ist. Tobias wird Ihrem Kollegen dasselbe sagen. Wenn Sie mit uns zum Neuen Schloss kommen, können wir Ihnen den versteckten Eingang zeigen.«

»Den Zugang, von dem Sie sprechen, kann man doch bestimmt auch von außen öffnen«, meinte Beckmesser mit süßsaurem Lächeln.

»Natürlich. Aber wie das genau funktioniert, konnten wir bis dahin doch noch gar nicht wissen«, antwortete Regina entnervt.

Er warf ihr einen abschätzigen Blick zu.

Der arrogante Kerl glaubte ihr kein Wort, da war Regina sich sicher.

Hielt er sie und Tobias möglicherweise sogar für die Mörder des Hausmeisters? Jedenfalls schien er ziemlich versessen darauf zu sein, sich zu profilieren. Bestimmt würde er Himmel und Hölle in Bewegung setzen, um den Schuldigen zu fassen. Auch, wenn es der falsche war.

»Na hören Sie mal!«, protestierte sie. »Als wir das Schloss endlich verlassen konnten, wussten wir doch noch gar nicht, dass wir einen Toten finden würden. Wir hatten einfach nur Angst und wollten so schnell wie möglich zurück zum Zeltplatz. Wieder in das Gebäude hineinzukommen war das Letzte, was uns interessierte.«

Beckmesser lehnte sich nach vorn. »Dann sind Sie also gerannt, so schnell sie konnten.«

»Nein«, widersprach Regina. »Tobias ist doch an der Hüfte verletzt. Er kann überhaupt nicht rennen.«

Der Polizeikommissaranwärter verdrehte die Augen. »Na gut, Sie sind also gegangen. Und dann?«

Das hatte sie ihm doch schon gesagt. Hoffte er etwa darauf, dass sie sich in Widersprüche verwickeln würde? Da konnte er lange warten.

Sie erzählte noch einmal, wie sie sich vorsichtig der Kreuzung genähert und die Leiche entdeckt hatten.

Beckmesser zog die Augenbrauen hoch. »Sie bleiben also bei Ihrer Aussage. Na gut. Aber jetzt sage *ich* Ihnen etwas: Bei dem Hausmeister hatte schon die Totenstarre eingesetzt. Sie war sogar schon ziemlich ausgeprägt. Das muss einige Stunden gedauert haben, denn in der letzten Nacht ist es recht kühl gewesen. Als wir zu Ihnen gestoßen sind, war es aber halb vier Uhr in der Frühe. Das bedeutet: Der Hausmeister ist schon gestern am frühen Abend gestorben.«

Regina nickte heftig. »Ja, das ergibt einen Sinn. Eigentlich sollte er uns nämlich aus dem Schloss hinauslassen. Aber als wir ihn angerufen haben, hat er sich nicht gemeldet. Und wir haben es immer wieder versucht.«

Der Polizeikommissaranwärter wiegte den Kopf. »Mag sein. Aber das macht es sehr unwahrscheinlich, dass Ihre merkwürdigen schwarzen Männer ihn umgebracht haben. Überhaupt: Warum hätten sie das tun sollen – *falls* diese überhaupt existieren? Sie hätten ihn doch gar nicht gebraucht, um in das Schloss hineinzukommen. Wo es dort doch angeblich eine geheime Pforte gibt …«

»Das habe ich mich auch schon gefragt«, versicherte Regina. »Vielleicht hat der Hausmeister sie ja beobachtet und einen von ihnen erkannt; sie haben ihn bemerkt, und …«

»*Deshalb* sollen sie ihn umgebracht haben?«, unterbrach er sie. »Das scheinen ja mordlustige Gesellen zu sein.«

Inzwischen schlug Regina das Herz bis zum Hals.

140

Er legte es offensichtlich tatsächlich darauf an, ihnen den Mord an dem Hausmeister anzuhängen. Trotzdem musste sie unter allen Umständen ruhig bleiben.

»Ich habe keine Ahnung, wer oder was dieser Leute sind«, antwortete sie.

Beckmesser setzte sich wieder gerade hin. »Tja, das weiß wohl niemand so genau. Aber *ich* weiß: Der Tote trug unter seinem Anorak einen Arbeitskittel. Weil sein bester Freund mein Kollege ist, ist mir außerdem bekannt, dass er darin die Schlüssel des Neuen Schlosses immer bei sich getragen hat. Doch die sind jetzt verschwunden. Und, wie schon gesagt: Ihre Kapuzenmänner haben diese garantiert nicht gebraucht. Sie dagegen …«

»Warum hätten wir uns denn in das Schloss hineinschleichen sollen?«, unterbrach ihn Regina. »Wir waren doch schon drin.«

»Das sagen *Sie*«, meinte er. »Vielleicht haben Sie ja einen Komplizen, der den Hausmeister getötet und ihm den Schlüssel abgenommen hat. Dann haben Sie etwas Wertvolles aus dem Schloss gestohlen und in Sicherheit gebracht. Anschließend haben Sie beide so getan, als hätten Sie die Leiche zufällig entdeckt, weil Sie glaubten, dass Sie dadurch nicht in Verdacht geraten würden. Möglicherweise haben Sie sogar den Überfall auf Sie und Dr. Hofreiter nur vorgetäuscht, damit wir nicht auf die Idee kommen, Sie für die Mörder zu halten. Die wilde Geschichte von den schwarz verhüllten Männern ist sowieso erfunden. Wie können

Sie nur glauben, dass ausgerechnet *ich* Ihnen so einen Blödsinn abkaufe?«

Du eingebildeter Idiot, hätte Regina ihm am liebsten an den Kopf geworfen. Stattdessen ballte sie ihre Hände zu Fäusten, weil sie vor hilfloser Wut zu zittern begann.

Sie hörte Schritte hinter sich, drehte sich um und sah, dass Kommissar Holzinger hereinkam.

»Alles klar?«, fragte er.

Diensteifrig drehte Polizeikommissaranwärter Beckmesser den Bildschirm seines Laptops zu ihm hin, damit sein Chef das Protokoll lesen konnte.

»So so«, murmelte der Hauptkommissar, nachdem er es überflogen hatte.

»Mehr fällt mir dazu auch nicht ein«, seufzte Beckmesser.

»Dann sind Sie über die Guglmänner also schon im Bilde«, stellte Holzinger fest.

Polizeikommissaranwärter Beckmesser wäre fast vom Stuhl gefallen. »Wie bitte?«

Wenigstens der Holzinger wusste, wer diese Leute waren, dachte Regina erleichtert. Dann würde er ihnen wohl Glauben schenken.

Der Hauptkommissar grinste. »Die sogenannten Guglmänner sind ein, nun ja, etwas ungewöhnlicher Geheimbund. Ihre Mitglieder verstehen sich als Hüter des Andenkens an unseren 'Kini' Ludwig II.«

»Det gloob ick jetz' nich'«, entfuhr es dem Polizeikommissaranwärter in astreinem Berlinerisch. Sein Chef grinste noch breiter. »Doch, doch, so ist es. Übrigens sind die Guglmänner fest davon überzeugt, dass ihr verehrter König ermordet wurde.«

Regina nickte heftig. »Als wir sie belauschten, haben sie sogar behauptet, Ludwig II. läge gar nicht in seinem Sarkophag in der Münchner Kirche …«

»In Sankt Michael an der Neuhauser Straße«, ergänzte Holzinger. »Ja, ich weiß. Angeblich suchen sie zurzeit nach Ludwigs echtem Grab.«

»Darüber haben sie auch gesprochen«, sagte Regina.

Der Kommissar nickte. »Diesmal haben sie sich also im Neuen Schloss getroffen. Und dort kennen sie einen geheimen Zugang, von dem außer ihnen wohl niemand etwas gewusst hat. Interessant.«

Nachdenklich rieb er sich das Kinn. »Aber ich glaube nicht, dass die Guglmänner etwas mit dem Mord zu tun haben. Bisher sind sie noch nie durch irgendein Verbrechen aufgefallen. Na gut, wenn sie öffentlich auftreten, verstoßen sie gegen das Vermummungsverbot. Aber sonst … Abenteuerliche Theorien und verrückte Ideen alleine sind ja nicht strafbar.«

Der Kommissar straffte sich und warf seinem Polizeikommissaranwärter einen strengen Blick zu. »*Ihre* Theorie ist leider völlig daneben, Beckmesser. Davon abgesehen befinden wir uns hier nicht in einem Fernsehkrimi, sondern im richtigen Leben. Und haltlose Unterstellungen gehören nicht zu unserem Repertoire. Ich fürchte, in Sachen Verhörtaktik müssen Sie noch einiges lernen.«

Beckmesser wurde blass.

In einem fürsorglichen Tonfall wandte sich Holzinger an Regina. »Sie haben bestimmt noch nicht gefrühstückt, oder? Und wenn ich das alles richtig verstehe, haben Sie gestern auch nicht zu Abend gegessen.«

Regina schüttelte erschöpft den Kopf.

Holzinger lächelte. »Na, dann wird's aber Zeit.«

*

Tobias schaltete sein Handy aus, dann sah er Regina abgrundtief enttäuscht an. »Das war mein Chef, Dr. Steidl. Er hat mitbekommen, was in der letzten Nacht hier passiert ist, und jetzt besteht er darauf, dass wir unsere Suche abbrechen.«

Reginas Herz krampfte sich zusammen. Trotzdem sagte sie: »Vielleicht ist es besser so. Sieh mal, Maxi muss die Arbeiten an ihrer Grabung doch auch unterbrechen. Und das, obwohl sie und ihre Studenten sich inzwischen fast sicher sind, dass sie Hinweise auf keltische Bauten gefunden haben.«

Tobias lächelte traurig. »Das ist wirklich ein toller Erfolg. Maxi ist auch stinksauer und traut sich noch gar nicht, ihren Studenten diese Hiobsbotschaft zu verkünden.«

»Da kann ich sie gut verstehen. Wahrscheinlich muss sie sich selbst erst mal beruhigen«, seufzte Regina.

»Wir können es eh' nicht ändern«, brummte Tobias. »Morgen werden wir also im Vollsinn des Wortes unsere Zelte abbrechen müssen. Und es steht absolut in den Sternen, wann wir die Suche nach dem Geheimgang fortsetzen können.«

Wortlos nahm Regina ihn in den Arm.

Sie war viel zu müde, um Enttäuschung zu verspüren. Bis sie auf dem Polizeirevier alles geregelt hatten, war es Nachmittag geworden. Erst bei Sonnenuntergang waren sie auf die Insel zurückgekehrt, um sich endlich zu duschen und umzuziehen. Beim Abendessen hatten sie Maxi und den Studenten das Wichtigste erzählt, und jetzt wollte sie nur noch ins Bett.

»Vielleicht hat eine Pause ja auch Vorteile«, meinte sie. »So kannst du dir in aller Ruhe überlegen, wie du am besten weitermachst. Gut möglich, dass du mit der Zeit sogar zu neuen Erkenntnissen kommst, die dir beim zweiten Teil deiner Suche von Nutzen sind.«

»Alles Schlechte hat auch sein Gutes, hm?« Er zuckte die Achseln. »Vielleicht kann ich an so was glauben, wenn ich mal alt und grau bin.«

Regina lächelte. »Das ist zum Glück noch lange hin. Aber nun komm, ab ins Bett!«

Ob sie noch einmal träumen würde?, fragte sie sich, als sie in ihren Schlafsack kroch.

Aber warum sollte sie? Schließlich wusste sie nun ja, wie König Ludwig II. gestorben war und ahnte sogar, wer ihn umgebracht hatte. Helfen konnte sie ihm ohnehin nicht mehr. Fragte sich nur, warum er ihr all diese Träume und Visionen geschickt hatte. Seine Mörder waren schließlich längst alle tot.

Träge zog sie sich den Schlafsack über ihre Schultern.

Vielleicht wollte der König einfach nur, dass jemand erfuhr, was man ihm Schlimmes angetan hatte.

Mit diesem letzten Gedanken glitt sie in den Schlaf hinüber.

Reginas Herz klopfte bis zum Hals. Sie hatte furchtbare Angst, denn um sie herum herrschte tiefe Dunkelheit und tödliche Stille.

Vorsichtig tastete sie nach allen Seiten, bis ihre Hand eine raue, unverputzte Mauer berührte. Langsam ging sie daran entlang. Doch plötzlich wurde sie starr vor Schreck. Da war ein Licht, ein schwaches, zuckendes Licht, vielleicht von einer flackernden Kerze. Oder von einer weit entfernten Fackel.

Waren das etwa die Guglmänner?

Quälend langsam wurde das Licht heller. Schließlich begann es den Raum zu erleuchten, in dem Regina sich befand. Und da wusste sie endlich, wo sie sich befand: im unfertigen Teil des Neuen Schlosses.

Nun hörte sie Schritte – bedächtige, gleichförmige, schwere Schritte, die langsam näherkamen.

Das konnten tatsächlich die Guglmänner sein, dachte sie und sah sich hektisch nach einem Versteck um.

Aber der Raum, in dem sie sich befand, war fast leer. Nur der nackte Engel mit seinem Schwert stand da auf seinem Sockel.

Sie war genau dort, wo die Verhüllten sich in der Nacht zuvor getroffen hatten. Und jetzt kamen sie zurück.

Zitternd glitt sie mit dem Rücken an der rauen Wand entlang in die Hocke.

Eine dunkel gekleidete Gestalt betrat den Raum. Sie hielt tatsächlich eine Fackel in der Hand.

Aber sie trug kein langes Gewand und auch keine Kapuze, sondern eine schwarze Uniform. Ihr folgten zwei weitere Personen, und Regina erkannte, dass es Ludovica zu Eschleben und Gero von Adlerfels waren.

Sie war wieder in der Vergangenheit, und die unheimlichen Guglmänner waren ganz weit weg.

Erleichterung durchflutete sie, doch ihre Beine zitterten noch so sehr, dass sie sich auf den Boden setzen musste.

Auch Gero und Ludovica waren schwarz gekleidet. Ihnen folgten sechs junge Männer in dunkler Uniform, die einen einfachen Holzsarg trugen. Den Schluss der Prozession bildete ein weißhaariger Mann mit langem, grauem Bart.

Regina hielt die Luft an. Ob es der Sarg des toten Königs war? Hatte er etwa verfügt, im Neuen Schloss begraben zu werden?

Der kleine Trauerzug hielt vor der Statue des Engels an. Ludovica trat vor und griff nach dem rechten Zeigefinger der Figur.

Mit einem entsetzlichen Knirschen ging ein Teil der Mauer auf und gab dahinter einen breiten Eingang frei.

»Seid bitte vorsichtig! Der Gang geht recht steil nach unten«, sagte Gero zu den jungen Soldaten.

Er sah ihnen nach, als sie langsam mit dem Sarg auf den Schultern darin verschwanden. Dann wandte er sich dem graubärtigen Mann zu, der in einer beinahe verlegenen Haltung stehen geblieben war. »Eure Hoheit …«

»Ich weiß«, sagte der alte Herr in einem ernsten Tonfall. »Seine Majestät, mein verstorbener Neffe, hat verfügt, dass bei seinem Begräbnis kein Mitglied seiner Familie anwesend sein darf. Und ich respektiere seinen letzten Willen.«

Gero verbeugte sich, bot Ludovica seinen Arm und schloss sich den Sargträgern an.

Sie musste ihnen folgen und sehen, ob dort wirklich der Geheimgang war, nach dem sie so vergeblich gesucht hatten, dachte Regina und stand auf.

Doch dort, wo eben noch die Fackeln geleuchtet hatten, war es plötzlich stockdunkel und totenstill.

*

Draußen schimpfte jemand so laut, dass Regina mit einem Schlag erwachte. »Unser Institutsdirex ist so ein Nullchecker!«

»Du hast recht: Der hat überhaupt keine Ahnung. Er tut ja gerade so, als ob wir noch Kinder wären«, grollte ein anderer.

»Ausgerechnet jetzt, wo wir so erfolgreich Maulwurf gespielt haben, lässt er uns unsere Sachen packen. Das ist so was von uncool!«, haderte ein dritter.

Träge drehte Tobias sich auf den Rücken und murmelte: »Die Armen! Die sind ja noch wütender, als ich gedacht habe.«

Regina antwortete nicht, weil sie sich noch nicht ganz von ihrem Traum gelöst hatte. Doch plötzlich wurde ihr alles klar: Sie wusste nun, wo der Eingang zu dem geheimen Tunnel lag, und wie man in diesen gelangen konnte.

Wenn sie *das* Tobias sagte, würde er sie bestimmt auslachen, dachte sie. Und diese Erkenntnis machte sie so wütend, dass sie nichts mehr auf ihrem Feldbett hielt. Sie wand sich aus ihrem Schlafsack, ging zum Zelteingang und hob die Plane hoch.

Draußen wurde es gerade erst hell. Dennoch liefen auf dem Zeltplatz schon die aufgeregt diskutierenden Studenten hin und her. Offenbar hatte Maxi ihnen soeben eröffnet, dass mit ihrer Grabung vorerst Schluss war.

Auch sie und Tobias mussten die Herreninsel nun leider verlassen.

Zornig ballte sie ihre Hände zu Fäusten und beschloss: Nein. Sie würden erst hier weggehen, wenn sie den Geheimgang gefunden hatten. Fragte sich nur, wie sie Tobias beibringen konnte, was sie wusste, ohne dass er sie für verrückt erklärte …

Schließlich drehte sie sich zu ihm um und atmete tief durch.

»Tobias«, sagte sie vorsichtig.

Der angespannte Unterton in ihrer Stimme ließ ihn den Kopf heben.

»Ich muss dir etwas sehr Wichtiges sagen«, begann sie. »Denn ich vermute ... nein, ich *weiß,* wo wir nach dem geheimen Tunnel suchen müssen.«

Tobias fuhr in die Höhe. »Du machst Witze.«

»Absolut nicht«, beteuerte sie so ruhig wie nur möglich. »Der Eingang liegt in den unfertigen Räumen des Schlosses, direkt neben dieser merkwürdigen Engelsfigur.«

»Was du nicht sagst.« Deutlich war ihm anzusehen, wie es in seinem Kopf zu arbeiten begann.

»Du könntest recht haben«, murmelte er schließlich und stand auf. »Vielleicht trifft ja die Vermutung der Guglmänner zu, dass König Ludwig gar nicht in München beerdigt wurde. Wenn sein echtes Grab stattdessen hier auf der Herreninsel liegt, dann ...«

Regina fiel ein Stein vom Herzen. Zugleich war sie ganz verwundert über seine Theorie, die sich mit ihrer eigenen deckte. »Wie kommst du denn darauf?«, fragte sie ihn.

Tobias hatte seinen Schlafanzug ausgezogen und streifte sich gerade seine Sachen vom Vortag über. »Die Statue, die du als Engel bezeichnest, verkörpert in Wirklichkeit Thanatos, den griechischen Gott des Todes. Gerade im 19. Jahrhundert wurde sein Abbild öfter auf Grabdenkmälern dargestellt. Wenn Ludwig tatsächlich in unserem geheimen Tunnel begraben ist, macht es doch Sinn, den Eingang mit dem Totengott zu kennzeichnen, oder nicht?«

Er zog sich seinen Pullover über und sah Regina nachdenklich an. »Wie bist du nur darauf gekommen? Bis eben hattest du doch gar keine Ahnung, wer dieser 'Engel' eigentlich ist.«

»Das erzähle ich dir unterwegs«, sagte sie. »Wir müssen uns beeilen, schließlich sollen wir die Insel schon heute Mittag verlassen.«

»Du hast recht«, meinte er. »Also los!«

»Nun sei so gut und erklär's mir endlich«, forderte er sie auf, nachdem sie das Zeltlager verlassen hatten und nun Richtung Neues Schloss den Hügel hinuntergingen.

Regina atmete tief durch. »Am Montag habe ich dir doch von meinem merkwürdigen Traum erzählt.«

»Hm, ja«, sagte Tobias und runzelte die Stirn.

»Das hast du ziemlich arrogant abgetan und behauptet, es wäre nur ein dummer Zufall gewesen«, fuhr sie fort.

Dann machte sie eine kurze Pause.

Doch Tobias sagte immer noch nichts.

»Das Problem ist nur: Von da an habe ich jede Nacht von König Ludwig geträumt, sogar, als wir im Schloss eingesperrt waren. Und was ich dabei erlebt habe, hat sich hinterher immer als wahr herausgestellt. Darum habe ich Dr. Friedberg ja auch so gründlich über König Ludwig ausgefragt.«

Tobias warf ihr einen alarmierten Blick zu.

»In der letzten Nacht habe ich geträumt, man hätte König Ludwigs Sarg in das Neue Schloss gebracht. Die kleine Trauergesellschaft zog in die unfertigen Räume, die wir vorgestern untersucht haben. Einer von ihnen hat eine geheime Tür in der Wand geöffnet, und die lag gleich neben der merkwürdigen Figur, diesem Thanatos.«

Tobias war stehen geblieben. Mit aufgerissenen Augen starrte er sie an. »Warum hast du mir denn nichts von diesen Träumen gesagt?«

»Nachdem du mich derart runtergeputzt hattest?«, fuhr sie ihn voller Empörung an. »Das glaubst du ja wohl selbst nicht! Bis dahin hab ich gar nicht gewusst, dass du so arrogant und überheblich sein kannst.«

Tobias war kreideweiß geworden. »Ja klar, das musstest du wohl von mir denken. Aber tatsächlich habe ich, … also, in Wahrheit hab ich tierisch Angst gehabt.«

»Angst? Ach ja? Ausgerechnet du!«, zischte sie.

»Es war wirklich so«, beteuerte er. »Deine merkwürdige Fähigkeit, in die Vergangenheit zu schauen, davor hab ich mich schon gefürchtet, als ich letztes Jahr in Prien im Krankenhaus gelegen hab. Weil ich mir … weil *niemand* das erklären kann. Aber damals konnte ich mir wenigstens noch weismachen, dass es damit nach unserer Entdeckung des Tassilo-Schatzes ein für alle Mal vorbei sein würde. Stattdessen hat es wieder angefangen, kaum dass wir auf der Herreninsel angekommen sind.«

»Dafür kann ich aber nichts, oder?«, knurrte sie.

»Ja ... nein ... absolut nicht«, stotterte er. »Oh Mann!« Verwirrt fasste er sich an den Kopf.

»Ganz ehrlich: In den letzten Tagen hatte ich eine Heidenangst, dass du noch so einen wahren Traum haben würdest«, gestand er. »Und ich war heilfroh, dass du nichts mehr davon gesagt hast. Dabei ... dabei habe ich dich entsetzlich alleine gelassen.«

Er schüttelte ungläubig den Kopf. »Weißt du noch, dass der Ministerpräsident mich in seiner Rede im National-museum 'ein Beispiel an Heldenmut' genannt hat? Aber das stimmt nicht. In Wahrheit bin ich ein gottverdammter Feigling. Du bist hundertmal mutiger als ich!«

»Wie kommst du denn darauf?«, fragte Regina. »Ich hab mich die ganze Zeit über einfach schrecklich gefürchtet.«

Bedrückt nickte er. »Natürlich hast du das. Aber du hättest einfach deine Sachen packen, die Flucht ergreifen und die Insel verlassen können. Doch das hast du nicht getan.«

Regina runzelte die Stirn. »Auf die Idee bin ich über-haupt nicht gekommen.«

»Eben«, sagte er. »Nur darum hast du jetzt wahrschein-lich den Geheimgang und das echte Grab König Ludwigs II. gefunden Ich dagegen ...«

Da stand er, kleinlaut und mit hängenden Schultern, ein Abbild des schlechten Gewissens.

Reginas Wut schmolz dahin wie Schnee in der Wüste. »Schon gut. Und nun komm! Wir müssen so schnell wie möglich zum Neuen Schloss.«

Ein erleichtertes Lächeln breitete sich auf seinem Gesicht aus.

Regina konnte nicht anders: Sie musste ihm einfach einen Kuss auf die Wange drücken.

Dann machten sie sich Hand in Hand wieder auf den Weg.

Wenig später hatten sie das Schloss erreicht. Kein Mensch war dort zu sehen, denn die Polizei hatte die Herreninsel aus Sicherheitsgründen für Touristen gesperrt.

Regina und Tobias gingen durch die Allee, die am Nordflügel entlangführte. Dann standen sie vor dem großen Stein, hinter dem sich der geheime Eingang zum Schloss verbarg.

»Die Guglmänner. Die geheime Pforte. Und das versteckte Tor zu unserem Geheimgang. Ich kann es immer noch nicht richtig fassen, dass es all das wirklich gibt«, brummte Tobias.

»Aber es ist so«, sagte Regina. Sie ließ ihren Blick über die Mauer gleiten. Da sah sie auch schon den Ziegel mit dem kreisrunden Loch in der Mitte. Sie schob ihren Finger hinein zog daran. »Na bitte«, seufzte sie, als sich der große Steinquader knirschend in Bewegung setzte und den niedrigen Durchlass freigab.

Atemlos schob Regina zuerst ihren Kopf, dann ihren ganzen Körper hindurch und schaute sich um. Aber da war niemand.

Also kroch auch Tobias durch das Loch, dann verschlossen sie es von innen wieder und gingen zu der Statue des Thanatos.

Regina griff nach dem rechten Zeigefinger des Totengottes.

»Er lässt sich tatsächlich hochschieben«, murmelte Tobias.

Mit dem entsetzlichen Geräusch, das Regina schon kannte, öffnete sich die Wand.

Alles war genauso wie in ihrem Traum, dachte sie bewegt.

Vor ihnen lag ein hoher, aus blässlich braunen Ziegelsteinen gemauerter Tunnel, dessen Boden mit grauen Wackersteinen gepflastert war.

Reginas Herz pochte immer schneller. Erinnerungen stiegen in ihr auf – Bilder von dem verzerrten Gesicht eines Wahnsinnigen, der sie damals fast umgebracht hätte, von Wasserfluten, in denen sie beinahe ertrunken wäre, und von Tobias, der verzweifelt gegen seine Erschöpfung angekämpft und um ein Haar in dem Geheimgang unter der Fraueninsel verblutet wäre.

Mit diesen Bildern kehrte die Panik zurück und nahm ihr den Atem ...

Tobias legte ihr den Arm um die Schultern. »Ich kann mir denken, wie dir jetzt zumute ist. Soll ich alleine gehen?«

Reginas Gedanken überschlugen sich.

Ja, das wäre wirklich besser. Warum sollte sie sich diesem Alptraum ein zweites Mal aussetzen?

Doch wenn sie sich jetzt nicht zusammennehmen würde, dann würde diese Angst niemals vergehen. Außerdem waren *ihr* diese Träume geschickt worden, wahrscheinlich von König Ludwig höchstpersönlich. Und dessen Vertrauen wollte sie keinesfalls enttäuschen.

Sie atmete tief durch und straffte sich wie ein Feldwebel. »Von wegen! Ich komme natürlich mit.«

Tobias warf ihr einen anerkennenden Blick zu. »*Du* bist *wirklich* tapfer. Ich sollte mir eine Scheibe von dir abschneiden.«

Er schaltete die Taschenlampe ein. »Kannst du die bitte halten? Ich werde vorausgehen und möchte die Hände frei haben, falls …«

»Ja klar«, antwortete sie schnell, um ihre Furcht niederzukämpfen.

Tobias gab ihr die Lampe, und sie betraten den dunklen Tunnel.

»Wie der Geheimgang auf der Fraueninsel sieht das hier aber nicht aus«, meinte Tobias. »Der hier ist viel breiter. Er scheint auch längst nicht so alt zu sein. Aber gut, wenn man dort unten König Ludwigs Gruft gebaut hat, musste man den ursprünglichen Gang wohl oder übel ausbauen.«

Regina hörte ihm nicht richtig zu, denn in ihr tobte ein Chaos aus namenloser Angst und dem verzweifelten Drang, die Flucht zu ergreifen. Das Gefühl war so mächtig, dass ihr schwindelig wurde. Nur der schiere Wille, ihrer Panik nicht nachzugeben, ließ sie immer weitergehen.

Allmählich führte der Gang abwärts, dann um eine Kurve herum. Schließlich standen sie vor einem Tor aus schweren Holzbalken.

Tobias runzelte die Stirn. »Merkwürdig! Das Tor ist nur angelehnt.«

Er schaute in Reginas blasses, verschwitztes Gesicht. »He! Du hast eine Nacht bei den Guglmännern überstanden, und die lauern da drinnen bestimmt nicht auf uns. Also los, gehen wir einfach rein!«

Behutsam nahm er ihre Hand, schob das Holztor ganz auf und zog sie hinter sich her.

Das Licht der Taschenlampe flackerte, weil Reginas Hände so sehr zitterten. Es erleuchtete einen großen Raum, der vollkommen leer war.

Nein! An der hinteren Wand standen ein schwarzer Sarkophag und dahinter eine lebensgroße, helle Statue. Sie zeigte einen bartlosen jungen Mann mit kurzen, lockigen Haaren, der auf einem edlen, schlanken Vollblutpferd ritt.

Tobias ließ ihre Hand los. Er ging einige Schritte auf den Sarkophag zu, auf dem in goldenen Lettern geschrieben stand: »Ludwig II. Otto Friedrich Wilhelm von Wittelsbach, von Gottes Gnaden König von Bayern.«

Aber Regina blieb, wo sie war. Hatte sich hinter dem Grabdenkmal nicht etwas bewegt?

»Tobias!«, sagte sie mit unsicherer Stimme.

Plötzlich wurde sie von einem grellen Licht geblendet. Undeutlich sah sie die dunklen Umrisse einer Gestalt, die hinter der Statue hervorkam.

»Maxi!«, rief Tobias entgeistert. »Was zum Teufel machst du denn hier? Woher weißt du überhaupt …«

Regina trat ein wenig zur Seite, um besser sehen zu können.

Es war tatsächlich Maxi. Vorsichtig legte diese ihre Taschenlampe auf dem Sockel der Statue ab, bevor sie blitzschnell in ihre Anoraktasche griff und beide Hände hochriss.

Darin hielt sie eine Pistole.

Mit merkwürdig fremd klingender Stimme sagte sie: »Ganz einfach. Heute Morgen kam ich zufällig an eurem Zelt vorbei und habe mitbekommen, wo das versteckte Tor zu diesem Geheimgang liegt. Und ich bin sofort hierher gerannt. Leider hab ich nicht damit gerechnet, dass Dr. Friedberg euch nochmal ins Schloss lassen würde.«

»Oh«, meinte Tobias mit bewundernswert ruhiger Stimme. »Mit dem haben wir noch gar nicht gesprochen.«

Maxis Augen weiteten sich. »Wie seid ihr dann hier hereingekommen?«

»Genau das möchte ich eigentlich von dir wissen«, meinte Tobias. »Aber komm erst mal wieder auf den Teppich und leg' die verdammte Pistole weg.«

»Von wegen!«, blaffte Maxi.

In Reginas Kopf arbeitete es auf Hochtouren.

Tobias hatte recht, dachte sie. Maxi konnte in der kurzen Zeit genauso wenig mit Dr. Friedberg gesprochen haben wie sie und Tobias, und von dem geheimen Eingang ins Schloss hatten sie außer den Polizisten in Prien niemandem erzählt. Wie also hatte sich Maxi Zutritt zu den Räumen hier unten verschafft?

Auf diese Frage gab es nur eine einzige Antwort, und das bedeutete: Sie waren in höchster Gefahr!

Tobias schien davon nichts zu ahnen. »He! Was immer du hier tust, wir haben bestimmt nichts dagegen. Also leg' endlich die Waffe hin und hör auf mit diesem Blödsinn!«

Regina zwang sich, ganz ruhig zu bleiben. »Das ist kein Blödsinn«, sagte sie zu Tobias, »und Maxi wird nicht damit aufhören. *Sie* hat den Hausmeister ermordet, denn nur mit seinem Schlüssel kann sie hier hereingekommen sein.«

»Ja, aber … warum machst du denn *so was?*«, stotterte Tobias entsetzt.

Maxis Hände umklammerten immer noch die Pistole, aber sie begannen ganz leicht zu zittern. »Es war ein Unfall. Ich wollte den Mann nur niederschlagen und ihm seinen Schlüsselbund abnehmen. Doch ich muss ihn sehr unglücklich getroffen haben, denn er hat noch ein paarmal gezuckt, dann war er … tot.«

Maxi machte sich offenbar schreckliche Vorwürfe, und zugleich hatte sie furchtbare Angst, registrierte Regina, und ihr Magen krampfte sich zusammen. In diesem Zustand war Maxi wahrscheinlich zu allem fähig.

Tobias war kreidebleich geworden. »Dann hast du auch uns überfallen?«

»Ja«, gestand Maxi. »Ich wusste, dass das wahre Grab von König Ludwig irgendwo auf dieser Insel liegt. Und ich habe meinem Chef die Lehrgrabung an der keltischen

Viereckschanze nur vorgeschlagen, damit ich unauffällig nach der Gruft suchen konnte. Aber dann hast du mir erzählt, dass du ausgerechnet hier nach diesem uralten Geheimgang suchen würdest.«

Ihre Augen verengten sich. »Zuerst habe ich Depp mich darüber gefreut, weil ich hoffte, eure Recherchen würden mir vielleicht weiterhelfen. Doch dann habe ich mich gefragt, was wohl passieren würde, wenn ihr selbst auf Ludwigs Grab stoßen würdet. Konnte ich das, was ich hier suche, dann noch unbemerkt an mich nehmen?«

Maxi seufzte. »Also habe ich beschlossen, euch mit meinem Überfall einen Riesenschrecken einzujagen. Ich war nämlich fest davon überzeugt, dass ihr danach ganz schnell von hier verschwinden würdet. Aber Fehlanzeige.«

Wie skrupellos sie war, dachte Regina betroffen.

»Warum hast du denn nicht einfach mit uns gesprochen?«, fragte Tobias. »Dann hätten wir zusammengearbeitet, und …«

»Auf gar keinen Fall!«, bellte Maxi. »Hier liegt nämlich etwas, das ganz allein mir gehört. Aber das werden mir die Behörden mit Sicherheit nicht glauben. König Ludwig hat in seinem Grabmal eine Anzahl Goldbarren versteckt, mit denen er die Zukunft meiner Familie absichern wollte. Meine Vorfahren, Baronin von Eschleben und Freiherr von Adlerfels, waren nämlich beinahe die Einzigen, denen er am Ende noch vertraut hat. Tatsächlich sind sie bis zu seinem Tod treu an seiner Seite geblieben.«

Das war ja ein Ding! Maxi war also eine Nachfahrin von Ludovica und Gero.

Aber das half ihnen im Augenblick auch nicht weiter, dachte Regina. Sie mussten aus dieser Gruft raus, so schnell wie nur möglich!

Maxis Wangen hatten eine fiebrige Röte angenommen, und ihre Augen schienen Funken zu sprühen. »Ich bin die Letzte derer von Eschleben. Den Adelstitel trage ich nur deshalb nicht, weil meine Mutter einen Bürgerlichen geheiratet hat. Im letzten Winter ist sie gestorben, und nun bin ich die Erbin unseres Familiengutes. Leider ist es total heruntergekommen und hoch verschuldet, darum *musste* ich das wahre Grab unseres Königs finden. Dabei wussten wir nur, dass es irgendwo hier auf der Herreninsel liegt.«

»Das mag ja sein. Aber deine Mutter hätte nie und nimmer gewollt, dass du wegen dieses Goldes jemanden tötest«, widersprach Regina.

Aus Maxis Augen leuchtete eine merkwürdige Mischung aus Furcht, Selbstvorwürfen und Verzweiflung. »Mit Sicherheit nicht. Doch es ist nun mal passiert. Und ich werde auf keinen Fall ins Gefängnis gehen. Niemals!«

Sie war wie ein Raubtier in der Falle: total in Panik und wild entschlossen, um ihre Freiheit zu kämpfen, koste es, was es wolle. Das wurde Regina schlagartig klar.

Und Maxi lieferte ihr augenblicklich die Bestätigung. »Ich werde auch nicht den Rest meines Lebens in der Angst verbringen, dass ihr mich verraten könntet. Und genau das werdet ihr tun, früher oder später, egal, was ihr mir jetzt weiszumachen versucht. Darum bleibt mir nichts anderes übrig, als euch zu erschießen.«

»Du lieber Himmel, Maxi!«, rief Tobias aus.

Regina starrte in Maxis wild entschlossenes Gesicht und auf deren Hände, die nun wieder ein bisschen zitterten.

Sie wollte sie tatsächlich töten, schoss es Regina durch den Kopf. Aber vielleicht schaffte sie das gar nicht.

Dann ging alles blitzschnell. Tobias stürzte sich auf Maxi, und die feuerte. Ein leises Ploppen war zu hören, als die Kugel den Lauf der schallgedämpften Pistole verließ.

Tobias griff sich an die Brust, taumelte zurück und brach zusammen.

Regina war, als wäre die Kugel in ihren eigenen Körper eingeschlagen. Brennender Zorn packte sie und riss sie mit. Mit einem Wutschrei stürzte sie sich auf Maxi.

Wieder war ein Ploppen zu hören, und etwas wie eine glühende Klinge schnitt in Reginas linke Schulter, doch im nächsten Moment prallte sie mit einer solchen Wucht gegen Maxi, dass diese nach hinten fiel und hart auf den Pflastersteinen aufschlug. Dabei ließ sie die Pistole los, die über den Boden schlitterte und in der Dunkelheit verschwand. Aber Regina hielt ihre Taschenlampe immer noch fest in der Hand; mit aller Kraft schlug sie damit auf Maxis Kopf, bis diese sich nicht mehr rührte.

Ihre Schulter schmerzte erbärmlich, und sie rang nach Luft, aber sie drehte sich zu Tobias um und leuchtete ihn an.

Da lag er, in einer immer größer werdenden Blutlache.

Bewegungslos.

Atmete er überhaupt noch?

»Tobias?«, keuchte sie.

Da packten zwei Hände von hinten ihren Hals und drückten zu. Aus einem Augenwinkel sah sie Maxis blutverschmiertes, von mörderischer Wut verzerrtes Gesicht.

Verzweifelt schlug und trat Regina nach ihrer Peinigerin. Ein paarmal traf sie sie sogar, aber Maxi ließ nicht los.

Der Luftmangel wurde unerträglich.

Ihre Kraft ließ nach.

Alles begann zu verschwimmen.

»Hände hoch, verdammt nochmal!«

Wie aus weiter Ferne hörte sie die wütende männliche Stimme.

Der Griff um ihren Hals lockerte sich, und sie versuchte zu atmen. Gierig sog sie die Luft ein, immer und immer wieder.

Jemand stand neben ihr. Er hielt Maxis Pistole in den Händen.

»Was ist hier los?«, vernahm sie Dr. Friedbergs herrische Stimme.

»Gott sei Dank«, hauchte Maxi in einem merkwürdig hilflosen Ton. »Regina ... Sie wollte mich umbringen! Fast hätte sie mich mit dieser Pistole erschossen. Es war ... war so furchtbar.« Und sie begann haltlos zu weinen.

Regina konnte kaum glauben, was sie da zu hören bekam. Ihr Hals schmerzte, und ihr war immer noch schwindelig. Trotzdem keuchte sie: »Aber nein, so war das nicht. Maxi hat *uns* angegriffen. *Sie* hat ... auf Tobias geschossen. Ich weiß nicht mal, ob er noch lebt.«

»Großer Gott, so glauben Sie mir doch!«, schluchzte Maxi. »Regina hat Tobias niedergeschossen. Ich konnte mich wenigstens noch wehren, irgendwie.«

Die Angst um Tobias, der Luftmangel und ihre Verzweiflung türmten sich in Regina zu einer riesigen Welle auf, die sie überflutete und mit sich riss.

»Du gewissenloses Miststück!«, zischte sie und kämpfte sich auf die Knie.

»Nichts da!« Dr. Friedbergs zorniger Tonfall forderte absoluten Gehorsam. »Ihr legt euch jetzt auf den Bauch, alle beide, und zwar ein bisschen plötzlich!«

»Dr. Friedberg ...«

Tobias lebte! Reginas Erleichterung war so groß, dass sie am ganzen Körper zu zittern begann.

»Maxi ... wollte uns töten«, wisperte er erschreckend leise. »Bei mir ... hat sie's fast geschafft.«

Dr. Friedberg hielt seine Pistole nun auf Maxi gerichtet. »Verstanden. Aber Sie brauchen unbedingt einen Arzt. Können Sie aufstehen, Frau Dernkamp?«

Regina biss die Zähne zusammen. Schwankend kam sie auf die Beine und wankte so schnell sie nur konnte zu Tobias.

Seine Atmung war flach, kam schnell und stoßweise, und seine Augen wirkten riesengroß in seinem blassen Gesicht.

Regina spürte den sehnlichen Wunsch, ihn in den Arm zu nehmen. Doch das durfte sie nicht tun, denn er brauchte dringend Hilfe. Darum zog sie ihr Handy aus der Jackentasche, tippte die Notrufnummer ein und wartete.

Die Leitung war tot.

»Kein Empfang!«, stöhnte sie mit belegter Stimme. »Ich muss nach oben gehen.«

Sie atmete tief durch, nahm all ihre Kraft zusammen und wankte aus der Gruft. An der Wand entlang kämpfte sie sich durch den dunklen Tunnel, der sie eben noch in Panik versetzt hatte. Nun jedoch beherrschte sie nur noch ein einziger Gedanke: Tobias!

Würde er überhaupt noch leben, wenn sie zu ihm zurückkehrte?

Ein paarmal wurde ihr so schwindlig, dass sie stehen bleiben musste. Doch die Verzweiflung trieb sie immer weiter.

Als sie endlich das Tor in der Mauer erreichte, schien eine Ewigkeit vergangen zu sein. Völlig erschöpft ließ sie sich mit dem Rücken an der Wand zu Boden gleiten und wählte erneut.

Als es am anderen Ende klingelte, konnte sie ihr Glück kaum fassen.

»Annika Lugauer«, hörte sie eine weibliche Stimme.

»Hallo. Regina Dernkamp hier«, schnaufte sie. »Ich bin auf der Herreninsel, im Neuen Schloss. Wir brauchen dringend ein Rettungsteam und die Polizei. Im Nordflügel, in den unbenutzten Räumen, hat ein Überfall stattgefunden, und …«

»Einen Moment bitte«, sagte die Dame.

Die Zeit, in der es still in der Leitung war, schien sich unendlich lange hinzuziehen.

Endlich meldete sich Frau Lugauer wieder. »Ein Rettungsteam ist unterwegs, ebenso die Polizei. Gibt es Schwerverletzte?«

»Einen«, sagte Regina. »Ihm wurde in die Brust geschossen und er kann nur schwer atmen.«

»Ich gebe das so weiter«, sagte die Frau mit bewundernswert ruhiger Stimme. »Braucht sonst noch jemand Hilfe?«

Regina sah auf ihren schmerzenden Oberarm und auf das rote Rinnsal, das aus dem Ärmel über ihre Hand lief und auf den Boden tropfte. Doch das schien ihr überhaupt nicht wichtig zu sein.

»Nein«, sagte sie. »Aber sagen Sie Ihren Leuten, sie sollen sich beeilen, sonst … stirbt er vielleicht.«

»Das mache ich.« Frau Lugauers Stimme klang warm und tröstend. »Halten Sie durch!« Und sie legte auf.

Regina versuchte, ihre von Luftmangel, Schock und entsetzlicher Angst verwirrten Gedanken zu ordnen.

Sie musste zurück zu Tobias, so schnell es ging.

Aber das war nicht möglich. Ohne ihre Hilfe würde sie dort unten niemand finden. Oder erst viel zu spät. Also musste hier ausharren.

Wie lange mochte das Rettungsteam bis hierher brauchen? Eine Viertelstunde? Zwanzig Minuten? Oder noch länger? Dort unten, in der düsteren Grabkammer, kämpfte Tobias um sein Leben. Und sie konnte nicht bei ihm sein, wenn er vielleicht …

Sie stützte ihr Gesicht in ihre rechte Hand und weinte.

*

Regina war nicht klar, wie lange sie da gesessen hatte – verzweifelt und verwirrt. Doch irgendwann versiegten ihre Tränen, und sie wusste wieder, was sie zu tun hatte: Sie musste in der Schlösserverwaltung anrufen, damit jemand zu ihr kam und der Rettungsmannschaft den Weg wies. Dann konnte sie endlich zu Tobias in die Gruft zurückkehren.

Sie hob ihr Handy wieder auf, googelte die Telefonnummer der Schlösserverwaltung Herrenchiemsee und wählte.

Es tutete – einmal, zweimal, dreimal. Dann meldete sich endlich eine Frauenstimme: »Vorzimmer Dr. Friedberg, Eichbichl am Apparat.«

»Hallo, Regina Dernkamp hier«, sagte sie mit zittriger Stimme. »Ich bin in den unfertigen Räumen im Nordflügel des Neuen Schlosses. Wir brauchen dringend Ihre Hilfe, denn wir wurden überfallen. Mein Freund ist angeschossen worden, und ...«

»In den unbenutzten Räumen. Aha. Und das soll ich Ihnen glauben?«, fragte Frau Eichbichl spitz. »Da kommen Sie doch ohne Schlüssel gar nicht rein.«

Oh nein, sie würde gleich auflegen, dachte Regina und rief verzweifelt ins Telefon: »Halt, warten Sie! Dr. Friedberg ist bei uns, und ...«

»Sie wissen sogar seinen Namen«, sagte Frau Eichbichl in einem ironischen Tonfall. »Seinen Terminkalender kennen Sie aber leider nicht. Er hat nämlich in fünf Minuten einen Termin in Seeon und war deswegen heute noch gar nicht in seinem Büro. Gute Frau, wir bekommen hier gelegentlich Anrufe von irgendwelchen Spaßvögeln. Darum ...«

Regina ließ ihr Telefon sinken, denn sie hörte eilige Schritte.

»Keine Ahnung, was passiert ist«, sagte eine männliche Stimme. »Wir müssen halt nach ihnen suchen.«

Gott sei Dank! Die Helfer waren endlich da, dachte sie, stand auf und lief dem Rettungsteam entgegen.

Sie durchquerte zwei Räume, dann sah sie eine Ärztin, zwei Sanitäter, vier Polizisten und einen grauhaarigen, aufgeregt wirkenden Mann, der wohl zum Schlosspersonal gehörte.

»Du lieber Himmel! Sie sehen ja furchtbar aus. Wer sind Sie überhaupt?«, rief der ältere Herr erschrocken aus.

»Ich hab angerufen«, keuchte Regina. »Bitte folgen Sie mir! Mein Freund ist in Lebensgefahr. Vielleicht … Ich weiß gar nicht, ob er noch lebt.«

Die Ärztin nickte. »Alles klar. Na los, schnell!«

Reginas gequälte Lungen schmerzten, dennoch rannte sie ihnen voraus.

»Was ist das denn?«, rief der Grauhaarige verblüfft aus, als er die offene Geheimtür sah.

»Später«, schnaufte Regina. »Wir müssen dort hinein. Beeilen Sie sich!«

Hinter ihr schaltete jemand eine Taschenlampe ein, trotzdem musste sie auf dem mit Wackersteinen gepflasterten Boden langsamer gehen. Ihre Lungen schienen beinahe zu platzen, und ihr war wieder schwindelig. Aber das spielte keine Rolle, denn bald würde sie wieder bei Tobias sein. Hoffentlich, hoffentlich lebte er noch!

Dann konnte sie ein schwaches Licht sehen. Noch ein paar Schritte, und sie hatten die Grabkammer erreicht.

»Da sind Sie ja endlich!«, rief Dr. Friedberg. Er stand immer noch mit gezogener Pistole da und fixierte Maxi, die mit ausgestreckten Armen vor ihm auf dem Bauch lag.

Regina sank neben Tobias auf die Knie.

Seine Augen waren geschlossen, sein Gesicht hatte sich bläulich verfärbt, und die Blutlache, in der er lag, reichte von seinen Schultern bis hinunter zu den Knien. Aber er atmete.

»Spannungspneumothorax«, konstatierte die Ärztin und hockte sich neben ihn. »Er braucht eine Thoraxdrainage, schnell, bevor sein Kreislauf kollabiert.«

Als sie sich an ihm zu schaffen machte, begannen Tobias' Augenlider zu flattern. Dann sah er die Ärztin mit großen Augen an.

»Keine Angst! Wir helfen Ihnen«, beruhigte ihn die Ärztin.

Sein Blick wanderte zu Regina.

»Warum immer ich?«, wisperte er so leise, dass sie ihn kaum verstand.

Sie nahm seine blutverschmierte Hand. »Weil du so unglaublich tapfer bist. Du tust immer, was nötig ist, egal wie gefährlich das für dich ist. Ach, du bist so ein Idiot! Und du weißt gar nicht, wie sehr ich dich liebe.«

Dann begann sie wieder zu weinen.

EIN EWIGES RÄTSEL

»Puh!« Erschöpft ließ sich Tobias auf die Bank im Warte-häuschen der Chiemsee-Schifffahrt sinken. Sein Chef Dr. Steidl nahm neben ihm Platz und warf ihm einen besorgten Blick zu.

Auch Regina machte sich Sorgen, weil Tobias so blass war und ziemlich müde wirkte. Aber das war eigentlich kein Wunder; er war nicht ohne Grund immer noch krankgeschrieben.

Trotzdem hatte er sich durch nichts und niemanden davon abbringen lassen, an der Besprechung in Dr. Fried-bergs Büro teilzunehmen, die für diesen Tag anberaumt gewesen war. Regina hatte das nur allzu gut verstanden, schließlich war es darin um die Entdeckung von König Ludwigs Grabkammer gegangen. Und der Termin war so wichtig gewesen, dass sogar ein Vertreter des Bayerischen Staatsministeriums für Wissenschaft und Kunst daran teilgenommen hatte.

Sie selbst war eigentlich schon wieder im Dienst, hatte aber netterweise zwei Tage frei bekommen, um Tobias zu der Besprechung auf Herrenchiemsee begleiten zu können. Zwar schmerzte ihr Arm immer noch, und die schlimmen Erlebnisse in der Gruft setzten ihr weiterhin zu. Aber Tobias lebte, und er würde wieder ganz gesund werden. Außerdem hatte es sich in ihrer Schule herumgesprochen, dass sie beide im Neuen Schloss unter dem Einsatz ihres Lebens eine »gefährliche Einbrecherin« zur Strecke gebracht hatten. Seitdem begegneten ihre Schüler ihr mit regelrechter Hochachtung und waren plötzlich derart am Unterricht interessiert, dass sie es kaum fassen konnte. Indiana Jones ließ grüßen. Außerdem war sie ihrem Schuldirektor sehr dankbar für die zwei freien Tage, die er ihr genehmigt hatte. Und das, obwohl sie einen Antrag auf Versetzung nach München eingereicht hatte.

Ja, sie wollte ihr Leben mit Tobias verbringen. Da war sie sich nun ganz sicher.

Die Besprechung mit Dr. Friedberg war hochinteressant gewesen. Hinter König Ludwigs Grabdenkmal hatte er nämlich eine Tür entdeckt. Und dahinter lag tatsächlich der Geheimgang, nach dem sie und Tobias gesucht hatten. Allerdings führte der Tunnel schon nach wenigen Metern steil abwärts und war mit Wasser vollgelaufen. Darum würde man wohl nie erfahren, ob es wirklich der sagenhafte Geheimgang zur Fraueninsel war oder einer der uralten Fluchtstollen, die es in Bayern an vielen Orten gab.

Die meiste Zeit hatten sie allerdings darüber diskutiert, was man mit König Ludwigs wahrer Gruft machen sollte.

Lange hatte der Vertreter des Staatsministeriums darauf bestanden, die Grabkammer für Besucher zugänglich zu machen. Schließlich sei diese von öffentlichem Interesse. Außerdem würde ihre Entdeckung für einiges Aufsehen sorgen und das Land Bayern vermehrt ins Gespräch bringen.

Dr. Friedberg dagegen hatte bei der Aussicht auf noch größere Besucherströme sichtbar um Fassung gerungen.

Noch mehr Touristen wären fatal, sowohl für die Insel als auch für das Neue Schloss, hatte er argumentiert. Außerdem gäbe es viele schwärmerische »Kini«-Fans und nicht wenige fanatische König-Ludwig-Verehrer. Und wenn das Neue Schloss auch noch zu deren Pilgerstätte werden würde, na dann gute Nacht …

Und das aus seinem Munde, hatte Regina verwundert gedacht, denn sie und Tobias fragten sich nach wie vor, ob Dr. Friedberg nicht doch einer von den Guglmännern war.

Trotzdem hatten sie ihm beide beigepflichtet und ihn nach Kräften unterstützt. Dr. Steidl dagegen hatte der Diskussion lange nur schweigend zugehört, bevor auch er sich schließlich auf Dr. Friedbergs Seite geschlagen hatte.

»Angesichts dieser Übermacht muss ich wohl klein beigeben«, hatte der Abgesandte des Wissenschaftsministeriums säuerlich bemerkt.

Damit war die Sache entschieden: Die Lage von König Ludwigs echtem Grab würde ein Geheimnis bleiben – ein »ewiges Rätsel«, wie er sich selbst genannt hatte.

Inzwischen war der Staatsbeamte schon wieder auf dem Weg nach München. Dr. Friedberg und Dr. Steidl aber wollten die Entdeckung bei einem Mittagessen im Schlosshotel mit Regina und Tobias wenigstens ein bisschen feiern.

»Eines würde mich interessieren, Frau Dernkamp.« Dr. Steidls Stimme riss sie aus ihren Gedanken. »Warum sind Sie denn wirklich der Meinung, dass wir König Ludwigs wahre Gruft geheim halten sollen?«

Verblüfft sah sie ihn an. Was sollte sie ihm bloß antworten? Die Wahrheit konnte sie ihm doch unmöglich sagen.

Da schaltete sich Tobias ein. »König Ludwig hat sich sicher nicht ohne Grund in dieser einsamen Gruft bestatten lassen. Es sieht ganz so aus, als habe er sogar im Tod noch fern von den Menschenmengen bleiben wollen, vor denen er sich im Leben so gefürchtet hat. Darum wäre es ihm ganz sicher nicht recht, wenn ausgerechnet seine wahre letzte Ruhestätte von Besuchern überrannt werden würde.«

Dr. Steidl nickte.

Regina warf Tobias einen dankbaren Blick zu. »Ich bin der Meinung, dass man den letzten Wunsch des Königs unbedingt respektieren sollte«, fügte sie dem hinzu.

»Fragt sich nur: Würde es ihm jetzt noch etwas ausmachen, wenn man seinen letzten Willen nicht respektieren würde?«, sagte Dr. Steidl. »*Falls* er es überhaupt noch mitbekommen würde.«

Oh, das tut er! Darauf können Sie sich verlassen, dachte Regina.

»Aber Sie haben schon recht«, fügte Dr. Steidl hinzu. »Den letzten Wunsch sollte man respektieren. Bei jedem Menschen.«

»Genau«, meinte Tobias. »Schließlich ist es das Einzige, was man noch für jemanden tun kann.«

Unauffällig nahm Regina seine Hand und drückte sie. Gleichzeitig warf sie ihm einen prüfenden Blick zu und stellte erleichtert fest, dass es ihm nach der kurzen Pause offenbar schon wieder etwas besser ging. Nun unterhielt er sich nämlich leise, aber mit glänzenden Augen mit Dr. Steidl über die geplante Grabung in Seebruck.

Regina wusste, dass die beiden so lange fachsimpeln würden, bis die Fähre kam. Darum stand sie auf, zwinkerte Tobias zu und spazierte ein Stück auf den Steg hinaus, um ungehindert auf den Chiemsee schauen zu können.

Es war später Nachmittag, und die Herreninsel wirkte im Licht der sinkenden Sonne beinahe winterlich. Seit ihrem letzten Besuch hatten die Bäume viel Laub verloren, die Wiesen waren mit einer dünnen Reifschicht bedeckt, und Nebel stieg vom Wasser in die kälter werdende Luft auf, strich durch die Schilfwälder am Ufer und kräuselte sich um die knorrigen Stämme der vereinzelten Bäume, die zwischen den abgestorbenen Rispen im Schlamm wuchsen.

»Wunderbar, nicht wahr?«

Regina zuckte zusammen, denn sie hatte Dr. Friedberg gar nicht kommen hören.

Er trat neben sie und lehnte sich an das hölzerne Geländer des Steges. »Für heute hab ich Schluss gemacht. Wenigstens habe ich so noch ein paar Minuten Zeit, um die Atmosphäre zu genießen, bevor unsere Fähre ankommt. Ich arbeite ja schon seit einigen Jahren hier, aber mir ist immer noch bewusst, dass ich einen der schönsten Arbeitsplätze in ganz Deutschland habe.«

»Und einen sehr geschichtsträchtigen«, fügte Regina hinzu. »Eine keltische Fluchtburg, das älteste Kloster in ganz Bayern und eines der Märchenschlösser König Ludwigs II., all das auf wenig mehr als zwei Quadratkilometern Fläche. Das will schon etwas heißen!«

Friedbergs Mund verzog sich zu einem schiefen Abenteurerlächeln.

Dann schaute er sie an, und auf seinem Gesicht lag eine erstaunliche Mischung aus Bedauern und Zärtlichkeit. »Ich hätte mich sehr gefreut, Sie näher kennen lernen zu dürfen. Aber gegen Dr. Hofrichter habe ich natürlich nicht den Hauch einer Chance. Und das kann ich nur zu gut verstehen.«

Regina war derart überrascht, dass sie gar nicht so recht wusste, was sie darauf sagen sollte.

»Danke für Ihre Offenheit«, meinte sie schließlich. »Ich nehme das einfach mal als ganz großes Kompliment.«

Friedberg nickte nur. Dann schaute er wieder auf den See hinaus, auf dem schon die Fähre zu sehen war, die gerade von der Fraueninsel abgelegt hatte und sie zurück nach Prien bringen würde.

Regina musterte Friedberg aus den Augenwinkeln.

Er sah wirklich verdammt gut aus, dachte sie. Ja, er *hätte* eine Chance bei ihr gehabt, wenn es Tobias nicht gäbe. Und wenn sie sich hätte sicher sein können, dass er nicht zu den Guglmännern gehörte.

Sie und Tobias hatten sich mehr als einmal den Kopf darüber zerbrochen, warum er so plötzlich in König Ludwigs Gruft aufgetaucht war, obwohl er doch eigentlich in Seeon hätte sein müssen. Hatte er sie etwa im Auftrag der Guglmänner beobachtet?

Sie würden die Wahrheit wohl nie erfahren. Eigentlich spielte das auch keine Rolle mehr.

Reginas Augen wanderten zum nahen Inselufer hinüber.

Der Nebel war noch dichter geworden.

Anfangs war es nur eine schwache Bewegung. Doch dann begann sich etwas aus dem grauen Dunst zu schälen: die große, schlanke Gestalt eines Reiters auf einem edlen, weißen Pferd.

Während das schöne Tier unruhig mit dem Schweif schlug und seine helle Mähne schüttelte, sah der Reiter ihr direkt in die Augen. Zum ersten Mal konnte sie sein Gesicht sehen.

Der junge Mann mit den lockigen, schwarzen Haaren und den faszinierenden, dunklen Augen war kein anderer als König Ludwig II.

Lange schaute sie ihn an, ungläubig und fasziniert zugleich. Dann, ohne den Blick von ihm zu nehmen, stupste sie Friedberg mit dem Ellbogen an. »Dort vorne, im Schilf am Ufer, sehen Sie das?«

»Den Nebel, ja«, meinte er. »Er wird wohl ziemlich dicht werden in dieser Nacht. Wenn es richtig Winter ist, bedeckt er oft tagelang die ganze Insel.«

Er sieht ihn nicht, dachte sie, und ein warmer Schauer lief ihr über den Rücken.

Ruhig saß der König im Sattel und sah sie immer noch an. Dann neigte er lächelnd das Haupt, wendete sein elegantes Pferd und verschwand im Nebel.

ZEITTAFEL ZU HERRENCHIEMSEE UND KÖNIG LUDWIG II.

2./1. Jh. v. Chr. (späte Latènezeit): keltische Viereckschanze auf der Herreninsel
Viereckschanzen sind rechteckige, meist quadratische Befestigungsanlagen mit Wall und Graben. Die meisten von ihnen, mehr als 300, findet man in Süddeutschland. Neueren Forschungen zufolge waren das oft befestigte Gutshöfe inmitten weiterer Bauernhöfe. Möglicherweise haben die Kelten auch Tempel durch Wälle und Gräben gesichert.

ca. 620/629 n. Chr.: Gründung des ersten Klosters auf der Herreninsel
Archäologischen Ausgrabungen zufolge liegt auf Herrenchiemsee das älteste Kloster Bayerns. Seine ersten Gebäude bestanden aus Holz. Als sein Gründer gilt Eustasius, der Abt des Klosters Luxeuil in

Burgund. Die Mönche lebten nach der Benediktiner-
regel.

788 n. Chr.: König Karl der Große setzt den Bayern-
herzog Tassilo ab und stellt das Kloster auf Herrenchiemsee unter die Aufsicht des Bischofs Angilram
von Metz.

ca. 959 bis 1200 n. Chr.: Entstehung der Erdställe.
Nach den Ungarneinfällen legen die Menschen
im Nordosten des Alpenvorlandes unterirdische
Tunnelsysteme mit versteckten Eingängen, engen
Durchlässen, Kammern und Lichtnischen an.
Alleine in Bayern gibt es davon etwa 700. Wahrscheinlich haben sie als Verstecke bei kriegerischen
Überfällen gedient. Solche Erdställe sind oft der
wahre Kern von örtlichen Gerüchten über angeb-
liche Geheimgänge, die teilweise fantastische Aus-
maße haben sollen.
Auch am Chiemsee gibt es eine Sage von einem
Geheimgang, der von der Fraueninsel unter dem See
hindurch bis zum Kloster auf der Herreninsel führen
soll.

1130 n. Chr.: Das Kloster Herrenchiemsee wird zum
Augustiner Chorherrenstift. Die Mehrheit der Stifts-
herren sind Priester.

1180 n. Chr.: Otto von Wittelsbach (ab 1156 bereits Pfalzgraf von Bayern) wird Herzog von Bayern. Die Herrschaft der Wittelsbacher beginnt.

1215: Das Bistum Chiemsee wird eingerichtet. Die Herrenchiemseer Klosterkirche dient als Kathedrale, die Priester des Chorherrenstiftes stellen das Domkapitel.

1469: Weihe der gotischen Kirche St. Maria auf Herrenchiemsee. Sie ist für die Laien der Klosterpfarrei gedacht.

25. 2. 1623: Herzog Maximilian I. von Bayern erhält die Kurfürstenwürde. Damit hat er als einer von sieben (später neun) deutschen Fürsten das Recht, den römisch-deutschen König zu wählen.

1642 bis 1731: Neubau der Klosteranlage auf Herrenchiemsee.

1676 – 1678: Der neue Inseldom entsteht. Sein Architekt ist Lorenzo Sciascia.

Um 1700: Der Kaisersaal, ein Prunkstück des neuen Chorherrenstiftes, erhält seine kunstvolle Dekoration.

1735: Die prachtvolle Klosterbibliothek wird errichtet.

1803: Säkularisation in Bayern. Auch das Chorherren-stift Herrenchiemsee wird aufgelöst, sein Vermögen fällt an den Staat. Im gleichen Jahr kauft der Mann-heimer Kaufmann Carl von Lünenschloß die Stifts-gebäude.

1805: Kaiser Napoleon I. von Frankreich ernennt Kur-fürst Max Joseph von Bayern zum König Max I.

1808: Das Bistum Chiemsee wird aufgehoben. Den Dom auf der Herreninsel hat man bereits 1807 profaniert; er gilt nicht mehr als Kirche.

28. 11. 1811: Geburt von Prinz Maximilian, dem ältesten Sohn König Ludwigs I. von Bayern und seiner Frau Therese von Sachsen-Hildburghausen.

1818 bis 1820: Umgestaltung des Chorherrenstiftes. Der neue Eigentümer der Herreninsel, Großkaufmann Alois von Fleckinger, lässt die Türme und den Chor des ehemaligen Domes abreißen. Das Langhaus bleibt bestehen und dient als Brauerei. Die Stiftsgebäude lässt er zum Schloss umbauen.

1821: Geburt von Prinz Luitpold, dem dritten Sohn König Ludwigs I. Ab 1886 wird Luitpold die Geschicke Bayerns als Prinzregent 26 Jahre lang leiten.

12. Oktober 1842: Katholische Hochzeit der Eltern König Ludwigs II.

Kronprinz Maximilian heiratet in der Münchner Allerheiligen-Hofkirche die siebzehnjährige Marie Friederike, eine Nichte des preußischen Königs Friedrich Wilhelm IV. Weil die Braut evangelisch ist, hat am 5. Oktober bereits eine protestantische Hochzeit im Berliner Stadtschloss stattgefunden. Dabei hat sich der Bräutigam durch Marie Friederikes Vetter, den späteren Kaiser Wilhelm I., vertreten lassen.

25. 8. 1845: Geburt von Maximilians und Friederikes ältestem Sohn Ludwig, dem späteren »Märchenkönig«.

20. 3. 1848: Revolution in Bayern. Die Bevölkerung fordert mehr Mitbestimmung und zwingt König Ludwig I. zur Abdankung. Einer der Gründe für seinen Rücktritt ist seine Liebschaft mit der dem Volk verhassten irischen Tänzerin Lola Montez.

Als Maximilian II. Joseph besteigt der Vater König Ludwigs II. den bayerischen Thron.

Bleibende politische Resultate der Revolution sind ein allgemeines, aber indirektes Wahlrecht des Volkes, d.h. die Wähler stimmen in ihrem Bezirk über Wahlmänner ab, die ihrerseits die Abgeordneten wählen; eine Gesetzesinitiative für den Landtag, der damit das Recht hat, Entwürfe für neue Gesetze zur Abstimmung vorzulegen; außerdem müssen sich die bayerischen Staatsminister vor dem Landtag verantworten.

27. 3. 1848: Geburt von Ludwigs jüngerem Bruder Prinz Otto. Als Kind und als junger Mann ist Otto unbekümmert und fröhlich. Doch 1866 nimmt er als Achtzehnjähriger am Krieg gegen Preußen teil. Dabei erschüttert ihn der Anblick der schwer verwundeten und verstümmelten Soldaten so sehr, dass er in Depressionen verfällt. Ab 1871 kommt bei ihm eine schwere Psychose mit Verfolgungswahn und Halluzinationen hinzu. Seit 1873 steht er bis zu seinem Tod 1916 im Schloss Fürstenried unter Bewachung.
Trotzdem wird er nach Ludwigs Tod 1886 nominell König von Bayern. Man liest ihm seine Ernennung zum Herrscher vor, aber er kann sie nicht verstehen. Zeitlebens wird er seinen Onkel, Prinzregent Luitpold, für den König halten.

10. 3. 1863: Tod König Maximilians II.
Ludwigs Vater stirbt völlig unerwartet nach nur dreitägiger Krankheit. Auf dem Sterbebett spricht er zum letzten Mal mit seinem Sohn, der daraufhin tief erschüttert und weinend das Zimmer verlässt. Was sein Vater ihm gesagt hat, ist nicht überliefert.
Mit dem Tod Maximilians ist der achtzehnjährige Ludwig König von Bayern. Außerdem ist er der neue Chef des Hauses Wittelsbach und hat auch in

den finanziellen Angelegenheiten seiner Familie das Sagen. Doch er ist auf seine Aufgabe überhaupt nicht vorbereitet: Weniger als ein Jahr zuvor hat er das Abitur gemacht und ein Semester lang Vorlesungen an der Universität gehört. Kenntnisse in Regierungstheorie, Staatsrecht und Wirtschaft, die für sein Amt ungemein wichtig sind, besitzt er nicht.

11. 3. 1863: Ludwig legt den Eid auf die bayerische Verfassung ab. Der junge König herrscht im Rahmen einer konstitutionellen Monarchie. Seine Macht ist durch die Verfassung eingeschränkt und geregelt; er muss sie mit einem vom Volk gewählten Parlament und seinen Ministern teilen. Diese werden zwar von ihm ernannt oder entlassen, aber ein königlicher Befehl ist nur wirksam, wenn ihn auch ein Minister unterschrieben hat. Um einen Staatshaushalt oder ein Gesetz zu verabschieden, muss nicht nur der König, sondern auch das Parlament zustimmen.

Vor diesem Hintergrund wünscht sich Ludwig ebenso wie viele andere europäische Fürsten seiner Zeit die absolute Monarchie zurück, in der die Macht der Könige weit weniger begrenzt war. Außerdem hält er streng an dem ursprünglich mittelalterlichen Glauben fest, dass Gott ihn zum König berufen habe. Für das Funktionieren der konstitutionellen Monarchie hat er dagegen keinerlei Gespür. Aus seiner Sicht hat diese keine Existenzberechtigung und hindert ihn nur daran, seine gottgewollte Aufgabe zu erfüllen. Anno 1869 schreibt er: »In einer Monarchie (...) soll alles wie die Strahlen der Sonne vom Monarchen ausgehen und auf ihn sich zurückbeziehen. Er soll das Haupt, die Seele, mithin der eigentliche Lebensnerv des Staates sein. Er hat seine Krone von Gott und muss in seinem Handeln ganz uneingeschränkt sein.« Und: »Je umfangreicher die Macht des Königs ist, desto mehr ist Er im Stande, zum Wohle seines Volkes zu wirken.« Ludwigs große Vorbilder sind der »Sonnenkönig« und absolute Monarch Ludwig XIV. (+1715) von Frankreich und dessen Sohn, Ludwig XV. (+1774). Er wird ihnen lebenslang nacheifern und zwei seiner Schlösser in ihrem Gedenken erbauen.

Überhaupt: Als »wahrer« König kann er sich nur in seinen Burgen und Palästen fühlen. Sie werden immer mehr zu Fluchtwelten für seine Träume vom »Königtum von Gottes Gnaden«. Tatsächlich hat er sie alle nur für sich selbst gebaut. Das Volk hatte sich von ihnen fernzuhalten; er hatte sich sogar gewünscht, dass die immens teuren Gebäude nach seinem Tod zerstört werden sollten.

An Ludwigs Bauten lässt sich gut ablesen, wie er sich immer mehr in seine Illusionen hineingesteigert hat, die in seinen letzten Jahren endgültig ins Bedenkliche, ja Bedrohliche abgeglitten sind.

Allerdings ist der König auch fest davon überzeugt, dass er seiner »gottgegebenen« Rolle nur durch ein

»reines«, möglichst sündenfreies Leben gerecht werden kann. Aber er ist homosexuell veranlagt; Frauen interessieren ihn im erotischen Sinn überhaupt nicht. Mit Männern hat er zwar einige Liebesbeziehungen, die höchstwahrscheinlich aber rein platonisch bleiben, denn in seiner Zeit gelten Homosexualität und sogar Selbstbefriedigung als schwere Sünde. Seine Tagebucheinträge zu diesen Themen zeigen, wie sehr ihn das zur Verzweiflung getrieben hat.

4. 5. 1863: Ludwig begegnet zum ersten Mal Richard Wagner. Der junge König verehrt den Komponisten schon seit längerer Zeit. Von nun an wird er ihn trotz des Widerstands seiner Minister und der Bevölkerung finanziell stark unterstützen. Auch das Festspielhaus in Bayreuth ist von Ludwig mitfinanziert. Bis heute wird ihm das Verdienst zugesprochen, als Erster die künstlerische Ausnahmestellung Wagners erkannt zu haben.

Sommer 1864: Ludwig verbringt mehrere Wochen mit Kaiserin Elisabeth von Österreich in Bad Kissingen. Die berühmte »Sisi« ist schon 1854 als Braut des österreichischen Kaisers Franz Joseph nach Wien gegangen, und Ludwig hat sie lange nicht gesehen. Nun aber stellen die beiden fest, dass sie eine ähnliche Sicht auf die Welt und die Menschen haben. Außerdem teilen sie die Liebe zu Pferden. Die Freundschaft zweier Seelenverwandter entsteht, doch von Liebe kann keine Rede sein.

14. Juni 1866: Ausbruch des Deutschen Krieges. Wenige Tage zuvor sind preußische Truppen in Holstein einmarschiert, das von Österreich verwaltet wird. Daraufhin kommt es zum Krieg zwischen dem von Österreich angeführten Deutschen Bund, dem auch Bayern angehört, mit Preußen und dessen Verbündeten.

Bereits im Februar 1866 haben die bayerischen Minister versucht, König Ludwig die drohende Kriegsgefahr deutlich zu machen. Aber er ist ein überzeugter Pazifist, der zeitlebens jede Form von Kampf ablehnt. Krieg sieht er nicht als Möglichkeit des politischen Handelns. Darum betont er immer wieder, dass er keine militärische Auseinandersetzung wünsche. Dennoch muss er im Mai die Mobilmachung der bayerischen Armee unterschreiben. Das entsetzt ihn sehr, und er denkt offen darüber nach, zugunsten seines jüngeren Bruders Otto abzudanken. Als der Krieg beginnt, ergreift er regelrecht die Flucht und zieht sich auf die Roseninsel im Starnberger See zurück.

3. Juli 1866: Sieg der Preußen bei Königgrätz. Eine Woche später schlagen die Preußen die bayerischen Truppen bei Kissingen und marschieren in Bayern ein.

Als Ludwigs Großonkel Prinz Karl, der Oberbefehlshaber aller süddeutschen Truppen, mit seinem Heer aus dem verlorenen Krieg heimkehrt, ist der König nicht bereit, ihn und seine Soldaten zu begrüßen.

Erneut und nicht zum letzten Mal denkt er an Thronverzicht. Am 18. Juli schreibt er an Richard Wagner: »Gott gebe, daß Bayerns Selbständigkeit gewahrt werden kann; wenn nicht ... Wenn Wir unter Preußens Hegemonie zu stehen kommen, dann fort! Ein Schattenkönig ohne Macht will ich nicht sein.«

Ludwig hat im Laufe seines Lebens immer wieder den Wunsch nach Rücktritt geäußert. Das steht in einem merkwürdigen Widerspruch zu seinem Glauben, Gott selbst habe ihm die Königskrone und damit die Verantwortung für die Menschen seines Landes übertragen.

18. August 1866: Gründung des Norddeutschen Bundes, der alle deutschen Staaten nördlich der Mainlinie unter der Führung Preußens vereinigt.

22. August 1866: Geheimer Allianzvertrag zwischen Bayern und Preußen. Bayern verpflichtet sich unter anderem, seine Armee im Kriegsfall dem Oberbefehl des Königs von Preußen zu unterstellen.

Ludwig II. sieht klar, in welche Gefahr sein Land und seine Stellung als unabhängiger Monarch durch dieses Bündnis geraten. Er versucht vergeblich, es zu verhindern.

September 1866: Ludwig gibt 26 Pferdeporträts von seinen Leibreitpferden in Auftrag, wie sie im 19. Jahrhundert vor allem beim englischen Adel üblich sind. Dreizehn Jahre lang arbeitet der Maler Friedrich Wilhelm Pfeiffer an den Bildern; von 1872 bis 1881 entstehen weitere Pferdeporträts im königlichen Hofgestüt Rohrenfeld. Seine »Pferdegalerie« macht Pfeiffer bei seinen Zeitgenossen berühmt. Heute kann man sie im Marstallmuseum von Schloss Nymphenburg in München bewundern.

Ludwig II. ist ein großer Pferdefreund und hervorragender Reiter, der stundenlange Ausritte in den bayerischen Bergen macht und eine enge Beziehung zu seinen »Leibreitpferden« hat. Aber er muss das Reiten in den 1870er-Jahren wegen eines Leistenbruchs aufgeben.

Sein erklärtes Lieblingspferd ist die Schimmelstute Cosa Rara, ein englisches Vollblut, das 1863 zur Welt kommt. Am 28. Juli 1869 wird sie in Großbritannien für Ludwig angekauft, zehn Jahre später zieht sie zu Zuchtzwecken in das Hofgestüt Bergstetten um. Auch Cosa Raras präparierter Körper ist im Nymphenburger Marstallmuseum ausgestellt.

10. 11.-10. 12. 1866: Erste und letzte Rundreise Ludwigs durch sein Königreich. Die Reise ist dringend nötig, denn die Stimmung des bayerischen Volkes gegenüber seinem König hat sich drastisch geändert: Anfangs sind ihm alle Herzen zugeflogen, nun aber nimmt man ihm seine häufige Abwesenheit ebenso übel wie seine Opposition gegen den Krieg. Besonders erzürnt ist die Bevölkerung über seine offen ablehnende Haltung gegenüber seinen eigenen Soldaten. Dank seines Charmes und seines guten Aussehens kann der König seine Untertanen aber schnell wieder für sich einnehmen.

Optisch ist der junge Ludwig ein Herrscher wie aus dem Bilderbuch. Mit einer Körpergröße von 1,91 m ist er für seine Zeit ungewöhnlich hochgewachsen; er gilt als einer der schönsten Monarchen Europas. Ein »Jüngling von idealer Schönheit«, »Adonis auf dem Thron« – nicht nur die Presse überschlägt sich mit solchen Superlativen, auch private Beobachter äußern sich regelrecht begeistert. Besonders angetan sind die Menschen von seinen großen, dunklen, ungewöhnlich ausdrucksvollen Augen. »Voll Geist und Seele« sollen sie gewesen sein, mit einem »schwärmerischen Ausdruck« und »träumerischen Glanz«. Hinzu kommen Ludwigs durchaus ernst gemeinte Liebenswürdigkeit und sein galantes, ritterliches Auftreten. Kein Wunder, dass der junge Ludwig die Frauen scharenweise bezaubert und seine Rundreise durch Bayern zu einem wahren Triumphzug wird.

22. 1 .1867: Ludwig verlobt sich mit Herzogin Sophie in Bayern. Das neunzehnjährige Mädchen ist seine Tante zweiten Grades, eine Schwester der österreichischen Kaiserin Sisi. Sehr musikalisch und ebenfalls eine Wagner-Verehrerin, ist sie zunächst nur eine enge Freundin des Königs. Doch dann verliebt sie sich in ihn. Als ihre Mutter Ludwig drängt, seine »wahren Absichten« zu offenbaren, erklärt er, dass er keinesfalls heiraten wolle. Schließlich verlobt er sich aber doch mit Sophie, vermutlich, weil ihm die vor Liebeskummer kreuzunglückliche junge Frau leidtut.

Aber ihm kommen bald Zweifel: Er ist noch mehr auf Reisen als sonst und sieht Sophie nur selten. Schließlich verlässt er einen Verlobungsball mit 750 Gästen bereits nach einer Stunde und kehrt nicht mehr zurück. Dennoch wird die Hochzeit auf den 12. Oktober festgelegt, die Vorbereitungen nehmen Fahrt auf, Souvenirs mit dem Abbild des »glücklichen Paares« entstehen.

Als der König seine Verlobung am 7. Oktober auflöst, ist das ein Skandal, auf den die Bevölkerung sehr ungehalten reagiert. Auch in der Familie Wittelsbach herrscht Zorn. Sophies ältere Schwester Sisi, eigentlich eine enge Freundin Ludwigs, schreibt an ihre Mutter: »Es gibt keinen Ausdruck für ein solches Benehmen. Ich begreife nicht, wie er sich wieder kann sehen lassen in München, nach allem, was vorgefallen.«

Die verstoßene Braut dagegen nimmt die Sache weit weniger schwer. Längst hat sie selbst Bedenken bekommen, schon seit einiger Zeit trifft sie sich heimlich mit dem Kaufmann Edgar Hanfstaengl im Schloss Pähl nahe des Ammersees. Im September 1868 heiratet sie aber Prinz Ferdinand von Bourbon-Orléans, Herzog von Alençon. Der König von Bayern aber wird nie wieder auch nur einen Gedanken an die Ehe verschwenden.

1868: Ludwig gründet die Polytechnische Schule München, die heutige Technische Universität.

Februar 1869: Auftakt der Bauarbeiten für die Burg Neuschwanstein bei Füssen im Allgäu. Die Grundsteinlegung erfolgt im September des gleichen Jahres.
Neuschwanstein liegt hoch auf einem Felsen, was Ludwigs Träumen von einer »Entrückung von der Welt« entgegenkommt. Er nennt das Schloss einen »Adlerhorst«; für ihn ist es eine Art persönlicher Gralsburg, in der die Gralsritter der Sage nach in völliger Abgeschiedenheit gelebt haben. Tatsächlich hat Ludwig in seinen letzten Jahren keinen einzigen Gast mehr hineingelassen.
Die Ausstattung von Neuschwanstein illustriert Sagen wie das Nibelungenlied, Tannhäuser oder eben die Gralslegende. Gleichzeitig ist sie ein Symbol für

den Traum des Königs von der »Monarchie von Gottes Gnaden«.

Sein Schlafzimmer gibt dagegen einen tiefen Einblick in sein Seelenleben: Es ist mit Bildern aus der Geschichte von Tristan und Isolde geschmückt, in der es um unerfüllte Liebe geht. Sein Bett erinnert eher an ein Grabmal als an eine Schlafstatt.

Der zentrale Raum des Schlosses ist der Thronsaal. Er wirkt fast wie eine byzantinische Kirche und hat sogar eine Apsis. Darin hätte eigentlich ein durch neun Stufen erhöhter Thron stehen sollen, von dem aus der König auf die Gemälde des Erzengels Michael und des heiligen Georg geblickt hätte. Auch die übrigen Wandbilder haben eine deutlich religiöse Sprache: Unter anderem zeigen sie heiliggesprochene Könige, die drei Weisen aus dem Morgenland und Moses mit den Gesetzestafeln.

1870: Die Bauarbeiten für Schloss Linderhof beginnen. Schon 1868 hat der König seinem Hofrat Lorenz von Düfflipp den Auftrag gegeben, ein einflügeliges Schloss im Stil des französischen Königs Ludwig XIV. zu planen. Doch in den folgenden Jahren hat sich der erste Entwurf zu einem Plan für eine Anlage mit fünf Flügeln, Kapelle und Theater ausgeweitet, dessen Vorbild das Schloss Versailles des »Sonnenkönigs« ist. Das neu geplante Gebäude ist allerdings viel zu groß, um in das enge Graswangtal bei Oberammergau zu

passen. Ludwig II. wird seinen Plan später auf Herrenchiemsee verwirklichen.

In Linderhof entsteht unter der Leitung von Georg
von Dollmann ein kleineres Schloss. Es ist ganz aus
Holz gebaut; seine lediglich verputzten Fassaden sind
mit Stilelementen aus der Zeit Ludwigs XIV. von
Frankreich und dessen Vater Ludwig XIII. (+1643)
geschmückt. Auch das königliche Schlafzimmer ist
an das Vorbild des »Sonnenkönigs« angelehnt. Wie
schon in Versailles trennen auch hier niedrige Balust-
raden das Bett des Königs vom Rest des Raumes.
Schloss Linderhof ist kreuzförmig von einem Park
umgeben, in dem sich italienische Renaissance und
französischer Barock mischen. Er geht in einen englischen Landschaftsgarten über, der sich wiederum in
den Gebirgswäldern der Alpen verliert. Verantwortlich für Entwurf und Durchführung ist der König-
lich Bayerische Hofgärtendirektor Carl von Effner.
Er hat in Ludwigs Auftrag keine Kosten und Mühen
gescheut: Vor dem Schlossgebäude schießt eine bis
zu 22 Meter hohe Fontäne aus einem großen Bassin.
Außerdem gibt es einen kleinen Venustempel und
einen Musikpavillon, von dem aus breite Wasser-
kaskaden bis zum Neptunbrunnen vor dem Schloss
hinunterlaufen, sowie eine (künstliche) Venusgrotte
wie in Richard Wagners Oper Tannhäuser. Daneben
lässt der König 24 Dynamomaschinen aufbauen. Sie
bilden das erste fest installierte Kraftwerk der Welt.

Auf der Baustelle existiert eine Rollbahn für den Transport der Baumaterialien. Und für die bis zu 180 Menschen, die dort für ihn arbeiten, gibt es eine Lohnfortzahlung im Krankheitsfall. In seiner Zeit ist das eine höchst seltene und beispielhafte Maßnahme. Linderhof ist das einzige Schloss, das noch zu Lebzeiten des Königs fertig geworden ist. Obwohl die Arbeiten erst 1876 abgeschlossen sind, wird es seit der Mitte der 1870er-Jahre zum seinem Hauptwohnsitz.

19. 7. 1870: Kriegerklärung Frankreichs an Preußen. Durch den Geheimen Allianzvertrag von 1866 (s.o.) ist Bayern mit den Preußen verbündet; sein Heer muss mit diesen in den Kampf ziehen. Aber Ludwig hat sich schon vor Frankreichs Kriegserklärung von allen Seiten beraten lassen und stundenlang mit den verantwortlichen Ministern gesprochen, denn er wünscht sich, dass der Konflikt friedlich beigelegt wird. Vor allem aber will er unter allen Umständen sein Land aus den Kampfhandlungen heraushalten. Dennoch bleibt ihm nichts anderes übrig, als am 16. Juli den Mobilmachungsbefehl für die bayerische Armee zu unterzeichnen. Daraufhin übernimmt der preußische Kronprinz Friedrich Wilhelm vertragsgemäß das Kommando.

Am 1. September 1870 siegt Preußen in der entscheidenden Schlacht bei Sedan. Der französische Kaiser Napoleon III. gerät in Gefangenschaft.

23. 11. 1870: Versailler Verträge: Darin verpflichtet sich Bayern, das Deutsche Kaiserreich mitzugründen. So wird seine Selbständigkeit stark eingeschränkt, und König Ludwig II. ist kein souveräner Herrscher mehr. Nach dem siegreichen Deutsch-Französischen Krieg fordert auch in Bayern die überwiegende Mehrheit der Bevölkerung eine nationale Einigung Deutschlands unter preußischer Führung. Dennoch stellt Ludwig sich dagegen; er bleibt sogar den Siegesfeiern fern. Erneut spielt er mit dem Gedanken an Abdankung, aber wegen des schlechten Gesundheitszustands seines Bruders und Thronerben ist das nicht möglich. Trotz seines Widerstands spricht der bayerische Verhandlungsführer mit Preußen über einen Eintritt seines Landes in den Deutschen Bund, denn er sieht klar, dass er Bayern ansonsten politisch und wirtschaftlich isolieren würde. Er holt dafür nicht die Zustimmung seines Königs ein, überhaupt wird Ludwig nur sehr knapp und verspätet über den jeweils aktuellen Stand der Gespräche in Kenntnis gesetzt.

30. 11. 1870: Der König von Bayern unterzeichnet den »Kaiserbrief«. In dem Schreiben bietet er als wichtigster deutscher Fürst im Namen aller deutschen Staaten König Wilhelm I. von Preußen den Titel »Deutscher Kaiser« an. Das tut er nur gegen heftigen inneren Widerstand, denn er empfindet den Brief als schwere persönliche Erniedrigung. Aber er hat keine Alternative, denn andernfalls wäre sein Land unter anderem von den preußischen Kohle- und Erzlieferungen abgeschnitten, auf die seine Wirtschaft dringend angewiesen ist.

18. Januar 1871: Kaiserproklamation. König Wilhelm von Preußen wird im Spiegelsaal des französischen Schlosses Versailles zum Deutschen Kaiser ausgerufen. Ludwig ist dabei nicht anwesend, er lässt sich durch seinen Bruder Prinz Otto vertreten.
Infolge der Ereignisse von 1870/71 zieht er sich endgültig in die innere Emigration zurück. Mit der Regierung in München kommuniziert er fast nur noch über Abgesandte.

Ab dem 25. September 1873: Preußische Zahlungen an Ludwig. Bis zu seinem Tod erhält der König von Bayern aus einem Geheimfonds des preußischen Reichskanzlers Otto von Bismarck hohe Beträge, insgesamt fünf Millionen Mark (etwa 30 Millionen Euro).
Doch Ludwig war nicht bestechlich. Als er den Kaiserbrief unterschrieb, wusste er noch gar nicht, dass er jemals Geld von Preußen erhalten würde. Mit den Zuwendungen steht er auch nicht alleine; viele Staatsmänner erhalten erhebliche Geldzuwendungen für ihre Beteiligung an der Entstehung des Deutschen Reiches. Dennoch hätten die Zahlungen zu einem immensen Ansehensverlust des Königs in

der Bevölkerung geführt. Sie wurden daher geheim gehalten.

26. September 1873: Ludwig erwirbt die Herreninsel. Paul Maria Graf von Hunolstein, seit 1840 Besitzer der Insel, verkauft sie 1870 an eine württembergische Holzverwertungsgesellschaft. Deren Plan, dort sämtliche Bäume abzuholzen, trifft auf erheblichen Widerstand vonseiten der Chiemgauer Bevölkerung.
Dadurch wird Ludwig auf die Herreninsel aufmerksam. Er sieht sie als idealen Ort für sein Traumschloss im Stil des Versailles Ludwigs XIV. und erwirbt sie für 350 000 Gulden.

1876/77: Die Kabinettskasse mit Ludwigs persönlichem Geld ist nahezu geleert. Dennoch weigert sich der König, seine Bautätigkeiten einzuschränken.

Januar 1878: Baubeginn am Neuen Schloss Herrenchiemsee. Die Grundsteinlegung erfolgt am 21. Mai. Herrenchiemsee ist Ludwigs größtes Schloss, teurer als Neuschwanstein und Linderhof zusammen. Bis zu seinem Tod fließen 16,5 Millionen Mark in den Bau. Der Aufwand ist immens: Im Osten der Insel errichtet man ein von Dampfmaschinen angetriebenes Sägewerk, von dem aus eine eigens verlegte Hilfseisenbahn das Baumaterial zum Schloss bringt. Für dessen Mauern stellt eine Ziegelei bei Ising elf Millionen

Backsteine her. Von Dampfbooten gezogene Schlepp-
kähne bringen sie zur Insel, ebenso den Granit für die
Sockelsteine und die Verkleidung des Schloss-Unter-
baus. Vom Ufer aus transportiert eine zweite Eisenbahn die Steine zur Baustelle.

Laut Ludwigs eigener Aussage soll das Neue Schloss
»ein Tempel des Ruhmes« für Ludwig XIV. werden.
Er lässt den Spiegelsaal von Schloss Versailles bei Paris
weitgehend kopieren, ebenso die angrenzenden Säle
des Friedens und des Krieges. Andererseits werden
Räume, die es in Versailles nicht gibt, in den Bau-
körper eingefügt.

Der König plant, in den »Petits appartements« zu
wohnen. Die »Grands Appartements« sind dagegen
rein symbolische Räume, die nie bewohnt werden
sollen. Ihr Mittelpunkt ist das ganz in Rot gehaltene
öffentliche Paradeschlafzimmer. Für die Rückwand
des Bettes ist ein Textilbild vorgesehen, das Ludwig
XIV. im Krönungsmantel darstellen soll. An der
Decke ist Apoll abgebildet, der Gott der Reinigung
und Wahrheit, ein Sinnbild des »Sonnenkönigs«.

Als Ludwig II. 1886 stirbt, ist nur der dreiflügelige
Hauptbau des Schlosses fertig. Neben anderen Bauten sind aber noch zwei 124 Meter lange Seitenflügel geplant. Der nördliche ist im Rohbau sogar
schon fertig, aber er wird 1907 abgerissen. Vom
Südflügel mit der Schlosskapelle existieren nur die
Fundamente.

Ludwig achtet sehr darauf, dass alles Bayerische von der Herreninsel entfernt wird. Er will durch nichts daran erinnert werden, dass er »nur« der konstitutionelle König eines von Preußen abhängigen Landes ist. Trotzdem hält er sich nur selten auf der Herreninsel auf.

»Seine Majestät sind für die hiesige Gegend sowohl als für den See nicht eingenommen und hätten für beide keine Vorliebe. Die Kunst allein müsse dieses Unangenehme angenehm machen«, schreibt sein Kammerdiener Lorenz Mayr 1881.

22. August 1880: Bayern feiert 700 Jahre Wittelsbacher Herrschaft. Aus diesem Anlass hält der König seine letzte öffentliche Rede an das bayerische Volk.

29. September bis 7. Oktober 1881: Ludwig hält sich zum ersten und letzten Mal im Neuen Schloss Herrenchiemsee auf.

1883: Anton Bruckner widmet seine 7. Sinfonie König Ludwig II. von Bayern.

1884: Ludwigs Schulden betragen 8,25 Millionen Mark. Das entspricht einer Summe von 297 Millionen Euro. Wegen nicht bezahlter Rechnungen sind viele Handwerker und Künstler in Existenznot geraten. Sie sehen sich gezwungen, gegen Ludwigs private Kabinettskasse zu klagen – also gegen den König selbst. Eine schwere Staatskrise droht; das Ansehen der Monarchie ist in Gefahr.

Ludwig denkt immer noch nicht daran, das Bauen einzustellen. Um die dringendsten Ausstände bezahlen zu können, nimmt er einen Kredit von 7,5 Millionen Mark auf. Gleichzeitig bemüht er sich mit allen Mitteln um noch mehr Geld, sendet sogar Boten mit der Bitte um finanzielle Unterstützung an verschiedene europäische Fürstenhöfe und versucht, aus dem Privatvermögen seines internierten Bruders Otto vier Millionen Mark zu entnehmen. Das kann er allerdings nicht durchsetzen.

Mai 1884: Ludwig kauft die Burgruine auf dem Falkenstein. Die alte Festung auf dem Falkenstein bei Pfronten im Allgäu war im Mittelalter die höchstgelegene Burg Deutschlands. Nun will der König an ihrer Stelle eine neue Burg bauen, die im wahrsten Sinne der Worte »über den Wolken« liegt. Erste Entwürfe hat Georg von Dollmann bereits 1869/70 angefertigt, ein weiterer stammt von dem Bühnenbildner Christian Jank. Dessen Plan lässt sich allerdings weder räumlich noch architektonisch und schon gar nicht finanziell in die Tat umsetzen. Als von Dollmann den Entwurf 1884 zu einer kleinen gotischen Burganlage mit hohem Turm verändert, kündigt Ludwig dessen Arbeitsvertrag. Im gleichen Jahr verliert Dollmann die Bauaufsicht über das Neue Schloss Herrenchiemsee.

Den Auftrag für die Burg Falkenstein gibt der König an den Regensburger Architekten Max Schultze weiter. Der kann aber nur noch eine Wasserleitung und einen neuen Weg zur Burg anlegen lassen, bevor die Arbeiten gestoppt werden.

Hätte er den Plan des Königs verwirklicht, wäre die neue Burg Falkenstein zu einem Denkmal des oströmisch-byzantinischen Kaisertums geworden. Denn diese Form der absoluten Monarchie kommt Ludwigs mittlerweile völlig übersteigerten Fantasien sehr entgegen: Der Kaiser von Byzanz galt nicht nur als vom Himmel berufen, er war auch der religiöse Führer in seinem Reich. Aus westlicher Perspektive verkörperte er Kaiser und Papst in einer Person. Um seine Person hatte sich eine geradezu gottgleiche Verehrung mit einem aufwendigen Zeremoniell entwickelt.

Von alledem kann Ludwig nur träumen – und genau das tut er. Seine Burg Falkenstein sieht er als »Tempel der himmlischen und irdischen Majestät«. Nicht mehr der Thronsaal, sondern das riesige königliche Schlafzimmer ist das Zentrum der Anlage. Ebenso wie der Thronsaal in Neuschwanstein gleicht es eher einer Kirche als einem profanen Raum: Wie ein christlicher Altar steht das Bett Seiner Majestät um einige Stufen erhöht in einer Apsis. Und von der Decke schaut

Maria mit dem Jesuskind und vier Engeln auf den schlafenden Monarchen herab.

Offenbar versteht Ludwig sich in seinen letzten Jahren als eine Art königliche Gottheit. Der Abstand zwischen seiner geheiligten Person und der profanen Welt reicht für ihn wohl nicht nur räumlich »bis weit über die Wolken«.

27. Mai bis 8. Juni 1884: Ludwig bewohnt erstmals die Königswohnung im Palas, dem repräsentativen Saalbau der Burg Neuschwanstein.

1884/85: Ludwig zeigt deutliche Anzeichen für gefährliche Unberechenbarkeit. Als 1886 dreizehn Ärzte Ludwigs Leiche obduzieren, stellen sie fest, dass sein Frontalhirn deutlich geschrumpft ist. Heute vermutet der Münchner Psychiatrie-Professor Hans Förstl, der König habe in seinen letzten Lebensjahren an einer frontotemporalen Demenz gelitten.

Das Verhalten Ludwigs in seinen letzten beiden Lebensjahren scheint zu dieser Diagnose zu passen. Zu Beginn beeinträchtigt diese Krankheit vor allem das Sozialverhalten: Die Patienten vergessen anerzogene Verhaltensregeln und moralische Werte, werden hemmungslos und triebhaft. Tatsächlich ist Ludwig in seiner letzten Lebenszeit nicht nur regelrecht fett geworden. Man hat man ihm, der sich in seinen jüngeren Jahren mit aller Kraft um ein »moralisch einwandfreies« Sexualleben bemüht hat, auch übergriffige sexuelle Kontakte zu Soldaten aus dem 3. Chevauxlegers-Regiment nachgesagt, die bei ihm beschäftigt waren.

Falls Förstls Vermutung stimmt, hätte der König bei weiterem Fortschreiten der Krankheit auch unter Sprach- und Orientierungsstörungen, Muskelversteifung sowie Stuhl- und Harninkontinenz gelitten. All das ist ihm wegen seines frühen Todes erspart geblieben.

Die frontotemporale Demenz kann auch der Grund für Ludwigs drastische Stimmungsschwankungen, seine unkontrollierten Wutausbrüche und seine extreme Rücksichtslosigkeit gewesen sein. Denn er erteilt tyrannische und geradezu absurde Befehle in einem solchen Ausmaß, dass man sie gar nicht mehr weiterleitet. Ein Brief seines Stallmeisters Richard Hornig vom 31. Dezember 1884 verdeutlicht, wie selbst seine engen Vertrauten mit ihm umzugehen haben: »Allerdurchlauchtigster, großmächtigster König! Allergnädigster König und Herr! (…) Mein Euer Königlichen Majestät ganz gehörendes Herz erfleht von der gütigen Vorsehung das, was zum vollendeten Glück Euer Königlichen Majestät fehlen könnte. Jeder Wunsch und Wille möge sich augenblicklich erfüllen, Ärger und Verdruß trübe nie Euer Majestät Tage und blühende Gesundheit sei Euer Königlichen Majestät Begleiterin bis in ferne, ferne Zeit.«

Nicht nur die Berichte seiner Diener beschreiben, wie schlimm es den Menschen in seiner Umgebung ergehen konnte. Auch an Ludwigs schriftlichen Anweisungen lässt sich ablesen, dass der König von Bayern für seine Mitmenschen geradezu gefährlich geworden ist: Überall wittert er Verrat. Sogar seine Minister sind für ihn nichts als eine Bande von Verschwörern, die man schwer bestrafen oder gar »beseitigen« muss. Sie haben in seinen Augen auch die Verwalter seiner katastrophal überschuldeten privaten Kabinettskasse zur Revolution aufgewiegelt. Der Grund für diesen Verdacht ist, dass man weitere Geldzuweisungen an Bedingungen geknüpft hat: Ludwig soll nach München zurückkehren, den persönlichen Kontakt zu seinen Ministern wieder aufnehmen und seine Bautätigkeiten einstellen.

Sogar seine Bediensteten hält Ludwig für Verräter, die seiner Meinung nach eine Majestätsbeleidigung nach der anderen begehen. Dabei sind sich diese Leute gar keiner Schuld bewusst.

In seiner übersteigerten Verschwörungsangst stellt der König groteske Regeln auf und entwickelt immer schlimmere Gewalt- und Bestrafungsfantasien. Er ist durchaus fähig, sie in die Tat umzusetzen: Etwa 100 Mal hat er einen seiner Diener gezwungen, verkehrt herum auf einem Esel sitzend und mit einem Narrenkostüm bekleidet durch die Dörfer um Hohenschwangau zu reiten. Als einer seiner Angestellten seinem strengen Befehl, ihm niemals in die Augen zu schauen, nicht gehorcht, fordert er: »Ihm den Kopf unsanft an die Wand stoßen, die drei Tage lang muß er, so oft er vor mich hintritt (…) sich hinknien und den Kopf auf die Erde legen (…), knien bleiben, bis ich ihm erlaube aufzustehen.«

Besonders perfide Strafen ordnet er für den Chevauxlegers-Soldaten Alfons Weber an: »Irgend ein ganz unschädliches Getränk hat er zu bekommen, sobald er es getrunken hat, soll ihm gesagt werden, dass es Gift war (zum Schein) und dass es in einigen Stunden wirkt und zwar unfehlbar wirkt. (…) Auch muss ihm gedroht werden, dass er erschossen wird im Weigerungsfall. (…) Auch höhnisch soll er behandelt werden. (…) Gehorchen muss er (…) Unterwerfen muss er sich!«

1885: Ludwigs Schulden sind auf rund 14 Millionen Mark angewachsen. Trotzdem weigert er sich immer noch, das Bauen einzustellen. Das gesamte Ministerium und sein Onkel Prinz Luitpold versuchen vergeblich, seine privaten Finanzen zu ordnen.

Herbst 1885: Der König muss die Arbeiten am Neuen Schloss auf Herrenchiemsee einstellen lassen.

Januar 1886: Julius Hofmann erstellt Pläne für einen Sommerpalast im chinesischen Stil.

Mai 1886: Weitere Verschärfung der Schuldenkrise. Ludwig verlangt, die Defizite seiner Kabinettskasse aus Staatsmitteln zu begleichen. Die Menschen in Bayern sollen also für seine immensen privaten Schulden aufkommen. Johann von Lutz, der Vorsitzende des Ministerrates, lehnt das ab. Gleichzeitig informiert man den König nicht über alle Möglichkeiten, seiner Schulden Herr zu werden. Die Nachricht, dass ihm verschiedene Banken noch einmal ein Darlehen gewähren wollen, erreicht ihn ebenfalls nicht. Er schreibt: »Die Bauten sind die Hauptlebensfreude. Ich denke, seit alles schändlich stockt, ans Abdanken, Selbsttödtung. Der Zustand muss aufhören, die Bauten dürfen nicht mehr stocken ... Mein Lebensglück hängt davon ab!«

5. Mai 1886: Der Ministerrat fordert Ludwig erneut auf, nach München zu kommen und seine Finanzen in Ordnung zu bringen. Aber dieser reagiert nicht.

8. Juni 1886: Der König wird abgesetzt. Seit Ende März hat sich der Psychiater Bernhard von Gudden mit Ludwigs Geisteszustand beschäftigt, Akten studiert und Menschen aus Ludwigs Umfeld vom Kabinettssekretär über den Oberstallmeister bis zum Diener befragt. Nun erklärt ein Komitee aus von Gudden und drei weiteren Ärzten den König für »geisteskrank im fortgeschrittenen Stadium.«

Dem Gesetz nach hätten die Psychiater Ludwig nun noch einmal persönlich begutachten müssen. Eine rechtsgültige Absetzung und Entmündigung hätte auch danach nur im Rahmen eines Gerichtsprozesses erfolgen können. Doch diesen Weg gehen die Minister und einige Mitglieder von Ludwigs Familie nicht. Vermutlich befürchten sie Widerstand aus dem Volk und durch die königstreue Partei der Bayerischen Patrioten, außerdem Proteste anderer deutscher Fürsten. Stattdessen entscheiden sie sich für einen veritablen Staatsstreich: Durch das ärztliche Gutachten überzeugt, erklärt sich Ludwigs Onkel Prinz Luitpold nach monatelangem Zögern dazu bereit, die Regentschaft in Bayern zu übernehmen. Daraufhin wird eine elfköpfige Kommission gebildet, die dem König seine Absetzung mitteilen und ihn in Gewahrsam nehmen soll. Ihr gehören unter anderem von Gudden und der bayerische Außenminister an.

9. Juni 1886: Die Regierung unter der Führung des Ministers Johann von Lutz entmündigt König Ludwig II.

10. Juni 1886: Erster Versuch, den König von Bayern festzunehmen. Nachdem man Prinz Luitpold als neuen Regenten ausgerufen hat, reist die Kommission noch am selben Tag nach Neuschwanstein, um Ludwig in Arrest zu nehmen. Doch der König wird von seinem Kutscher gewarnt und alarmiert die örtliche Gendarmerie, die der Kommission den Zugang zur Burg verwehrt. In strömendem Regen harren die elf Herren eine halbe Stunde lang aus, wobei sie von der königstreuen Baronin Sprea von Truchseß beschimpft und mit dem Regenschirm bedroht werden. Als sie abgezogen sind, werden sie vom entthronten König verhaftet und im Torbau der Burg eingesperrt.

Einige Stunden später trifft in Neuschwanstein per Telegramm die Nachricht von der Ernennung Prinz Luitpolds zum Regenten von Bayern ein. Daraufhin lässt man die Kommission frei, ohne dass Ludwig etwas davon erfährt.

In seinem letzten Brief nennt der ehemalige König den Versuch, ihn festzunehmen, »eine schändliche Verschwörung« und einen »Abgrund von Bosheit«. Er wird von allen Seiten gewarnt, dennoch ergreift er weder die Flucht, noch geht er nach München, um sich seinem Volk zu zeigen und es um Hilfe zu bitten.

11./12. Juni 1886, nachts: Gefangennahme Ludwigs. Einer zweiten Kommission mit von Gudden an der Spitze gelingt es, den abgesetzten König unter Arrest zu nehmen. Er ist trotz der unmittelbaren Vorgeschichte völlig konsterniert: »Ach! Ja, was wollen Sie denn? Ja, was soll denn das? Wie können Sie mich für geisteskrank erklären? Sie haben mich ja vorher gar nicht angesehen und untersucht.«

12. Juni 1886, mittags: Von Gudden trifft mit Ludwig in Schloss Berg am Starnberger See ein, wo man den entthronten König »zur eigenen Sicherheit« gefangen setzt.

13. Juni (Pfingstsonntag): Tod Ludwigs im Starnberger See. Kurz nach 18 Uhr begibt sich der internierte König in Begleitung von Bernhard von Gudden auf einen Spaziergang am Seeufer. Der Psychiater lehnt die Begleitung von Pflegern als Wachpersonal ausdrücklich ab.

Als die beiden trotz starken Regens um 20 Uhr nicht zum Abendessen zurück sind, beginnt man nach ihnen zu suchen. Gegen 22.30 Uhr werden ihre Leichen etwa 25 Schritte vom Ufer entfernt im seichten Wasser gefunden.

Nach offizieller Darstellung hat Ludwig versucht, Selbstmord zu begehen. Sein Arzt habe ihn daran hindern wollen, doch der König habe ihn geschlagen, gewürgt und so lange unter Wasser gedrückt, bis er tot gewesen sei. Danach habe Ludwig sich im Starnberger See ertränkt.

Diese Version wird aber schon bald angezweifelt. Noch 1894 schreibt die Bundeszeitung niederbayerischer Landwirte: Wenn man jeden verhaften würde, der den Selbstmord des Königs bezweifle, »dürften wohl bald alle Gefängnisanstalten sich als nicht hinreichend erweisen«.

Auch durch die ungeklärten Umstände seines Todes ist Ludwig II. von Bayern zu einem Mythos geworden.

19. Juni 1885: Beerdigung des Königs. Ludwigs Leichnam wird unter großer Anteilnahme der Bevölkerung in der Gruft der Kirche St. Michael in München beigesetzt. Wie es im 19. Jahrhundert beim Tod eines bayerischen Monarchen üblich ist, schreiten 25 mit schwarzen Gewändern und dunklen Kapuzen verhüllte Männer dem Sarg voran.

1. August 1886: Die Schlösser Linderhof, Neuschwanstein und Herrenchiemsee werden zur Besichtigung freigegeben. Heute sind sie die wichtigsten touristischen Anziehungspunkte in ganz Bayern mit mehreren Millionen Besuchern jährlich.

16. August 1886: Einer Wittelsbacher Tradition entsprechend wird das Herz des Königs in der Gnadenkapelle von Altötting in einer Urne aufgestellt.

12. Dezember 1912: Tod des Prinzregenten Luitpold. Ludwigs Onkel hat sich in den 26 Jahren seiner Regentschaft als bescheidener, volkstümlicher und tüchtiger Herrscher bei dem anfangs skeptischen Volk beliebt gemacht. Er hat in den bayerischen Universitäten das Frauenstudium eingeführt, und die Stadt München verdankt ihm eine große kulturelle Blüte. Sein Sohn Ludwig folgt ihm als Regent für König Otto II. nach.

5. 11. 1913: Der bisherige Regent Ludwig wird zum König von Bayern ausgerufen.

28. Juli 1914: Als Teilstaat des Deutschen Kaiserreiches tritt Bayern unter preußischer Führung in den I. Weltkrieg ein.

8. 11. 1918: Novemberrevolution. Drei Tage vor dem Ende des I. Weltkrieges ruft Kurt Eisner den Freistaat Bayern aus. König Ludwig III. ist abgesetzt; die Herrschaft der Wittelsbacher über Bayern ist nach 738 Jahren Geschichte.

Ende der 1990er-Jahre, wahrscheinlich 1998: Gründung der Guglmänner.
»Media vita in morte sumus« lautet der Wahlspruch dieses Geheimbundes, der sich über 100 Jahre nach dem Ende der Monarchie als Hüter des bayerischen Königtums versteht. Seine Mitglieder sehen sich besonders König Ludwig II. verpflichtet. Ihre Kleidung, die aus einem schwarzen Umhang und der »Gugl«, einer das Gesicht verhüllenden schwarzen Kapuze besteht, kopiert die Kleidung der 25 Männer, die in Ludwigs Trauerzug seinem Sarg vorangegangen sind.

Die Guglmänner tragen gezielt dazu bei, dass die Verschwörungstheorien um Ludwigs Tod weiterleben. Ihrer Meinung nach ist der König einem Mordanschlag des preußischen Geheimdienstes zum Opfer gefallen. Sein Grab in der Münchner Michaelskirche ist angeblich leer.

Der Geheimbund macht immer wieder durch originelle Forderungen auf sich aufmerksam: Beispielsweise soll der Freistaat Bayern Euromünzen mit dem Konterfei Ludwigs II. statt des Bundesadlers prägen lassen, und eine Büste des Königs gehöre in die Münchner Ruhmeshalle. Darüber hinaus versucht eine kleine Gruppe der Guglmänner, durch wirkungsvolle Aktionen Aufmerksamkeit zu erregen.

Auch um den »Mount Rushmore in der Kampenwand« haben sich die Guglmänner tatsächlich bemüht. Von einem Kontakt mit dem bayerischen Ministerpräsidenten ist der Autorin allerdings nichts bekannt.

ZUM KONZEPT DES ROMANS

Wie kann man einem Menschen gerecht werden, der sich redlich bemüht hat, für seine Untertanen gute Arbeit zu leisten, aber aufgrund einer seelischen Störung, vielleicht außerdem auch noch wegen einer geistigen Krankheit immer skurriler und wirklichkeitsferner, am Ende sogar gefährlich wurde?

Der Roman orientiert sich weitestgehend an den historischen Quellen. Was Ludwigs Gesundheitszustand angeht, berücksichtigt er außerdem die neuere medizinische Forschung zu seiner Person. Gleichzeitig schildert er den Märchenkönig betont von seinen positiven Seiten, ohne seine bedenklichen Züge zu verschweigen. In den Jahren 1881/82, in denen die Szenen vor dem Neuen Schloss spielen, war zumindest Ludwigs vermutete frontotemporale Demenz noch gar nicht ausgebrochen, oder sie befand sich in einem sehr frühen Stadium. Denn diese Krankheit kann bereits im Alter von 20 Jahren einsetzen und schreitet langsam voran. Trotzdem beträgt die mittlere Überlebenszeit der Patienten nur acht Jahre.

Dennoch wäre Ludwig II. auch als gesunder Mensch kein Heiliger gewesen. Schon als Kind war er eigenwillig, hitzköpfig und neigte zu Überheblichkeit. All das klingt in der Szene um Ludovicas und Geros Hochzeit an. Gleichzeitig war er aber ein liebenswürdiger, freigiebiger Mann. Er interessierte sich aufrichtig für seine Untertanen, oft sogar für einzelne Schicksale, und gab viel privates Geld aus, um zu helfen. Für eine soziale Gesetzgebung hatte er jedoch wenig übrig; die aufkommende Sozialdemokratie machte ihm sogar Angst und schürte seine übersteigerte Furcht vor Attentaten.

Darüber hinaus besaß er einen scharfen Verstand und war sehr gebildet; wer ihn kannte, attestierte ihm große politische Sachkenntnis. Seine größten Begabungen waren aber seine überschäumende Fantasie und sein vielseitiges künstlerisches Talent.

Den sensiblen, schüchternen Ludwig muss seine übermäßig strenge Erziehung zutiefst verletzt haben: Als Kind wurde er schon für kleinere Vergehen hart bestraft, und das Wort »Liebe« hatte man aus den Texten, die ihm vorgelesen wurden, zu streichen. Seine Mutter kümmerte sich zwar um ihre Söhne, konnte aber kein herzliches Verhältnis zu ihnen aufbauen. Auch seinen Vater fand man öfter im Zimmer seiner kleinen Söhne. Später behandelte er sie aber von oben herab; mehr als Maximilian die Hand geben durfte Ludwig nicht. Sogar als er schon fast volljährig war, konnte man den König nur sehr selten und mit großer Mühe dazu bewegen, seinen Sohn mit auf einen Morgenspaziergang zu nehmen. »Was soll ich mit dem jungen Herrn sprechen?«, hat Maximilian II. gesagt. »Es interessiert ihn nichts, was ich anrege.«

Das Resultat dieser Erziehung war Ludwigs schizotypische Persönlichkeitsstörung, denn Psychiater führen sie neben einer genetischen Veranlagung auf eine fehlende Bindung zu den Eltern und auf Misshandlungen zurück. Der Verlauf dieser Störung ist chronisch, ihre Symptome sind vielfältig:

Besonders auffällig ist das große Misstrauen dieser Menschen. Sie bauen nur wenige Kontakte auf, die sie nur schwer aufrechterhalten können. Hinzu kommen ausgeprägte, oft geradezu paranoide Ängste. Obwohl die Betroffenen unter ihrer Einsamkeit leiden, ziehen sie sich immer mehr zurück. Ludwig ist dafür geradezu ein Paradebeispiel.

Da das Denken und die Wahrnehmung dieser Menschen verzerrt sind, haben sie seltsame Überzeugungen, die oft von magischen Inhalten geprägt sind. (Ludwig hat beinahe fanatisch daran geglaubt, von Gott als König auserwählt zu sein.) Mit der Zeit steigert sich ihr ohnehin skurriles Verhalten oft zu Reizbarkeit und Aggression.

Wohl auch aufgrund seiner Persönlichkeitsstörung hielt sich der König lieber als unter Menschen in der Natur und bei Tieren auf. Seiner Liebe zu den Pferden verdanken wir eine Anekdote, die zeigt, dass trotz seiner großen Angst vor Attentaten durchaus auch Mut in ihm steckte: Als Siebzehnjähriger lenkte er vom Sattel aus eine mit zwei Ponys bespannte Kutsche. Als die Zügel rissen und die Pferdchen durchgingen, sagte er seiner Mutter, die in der Kutsche saß, es sei alles in Ordnung. Dann griff er den Ponys in die Nüstern und zog ihre Köpfe hoch, sodass sie stehen blieben. Ludwigs Beherztheit vor der Herrenchiemseer Marienkirche ist also nicht völlig aus der Luft gegriffen.

Wie er tatsächlich gestorben ist, wird wohl nicht mehr zu klären sein. Einiges spricht jedoch dafür, dass sein angeblicher Selbstmord möglicherweise ein Mord gewesen ist. Dass Ludwigs Psychiater Bernhard von Gudden vor dem letzten gemeinsamen Spaziergang auf Wachen verzichtete, macht stutzig. Und das Vorgehen bei seiner Absetzung als König war Hochverrat im Vollsinn des Wortes. Wäre er freigekommen, hätten den Verantwortlichen schwere Strafen gedroht. Angesichts der vielen Spekulationen verfolgt der Roman eine eigene Interpretation, die sich – mit Ausnahme der erfundenen Personen Ludovica und Gero – an den historischen Fakten orientiert.

Hinsichtlich seines Bauvorhabens auf Herrenchiemsee greift die Geschichte auf noch existierende Originalpläne für das Neue Schloss und dessen Gärten zurück. Der Leibarzt Ludwigs II. war in der Tat Max Joseph Schleiß von Löwenfeld, und der Kommandant von Ludwigs königlicher Leibwache war im Jahr 1881 dessen Vetter Arnulf von Bayern. Von ihnen gibt es ebenso wie von Georg von

Dollmann und Carl von Effner Fotos, eine Büste oder mündliche Beschreibungen. Sie haben das Aussehen dieser Personen im Roman geprägt.

Was bleibt von Ludwig II., dem König von Bayern und »ewigen Rätsel«? Es ist das Bild eines unglücklichen, in vielerlei Hinsicht gescheiterten Menschen. Es ist gut möglich, dass er im Grunde seines Herzens wirklich ein »prima Kerl« gewesen ist. Aber das konnte er im Lauf seines Lebens seinen Mitmenschen immer weniger zeigen. Seine »Märchenschlösser« sind wohl nicht nur Fluchtorte für seine Fantasien, sondern auch Resultate seiner seelischen Störungen. Vielleicht lösen sie gerade deswegen so viel Bewunderung und Staunen aus.

Weitere Bücher von der gleichen Autorin: